新しい生活

曽野綾子

Ayako Sono

新しい生活

曽野綾子
Ayako Sono

ポプラ社

前書き

別に他者に責任を押しつけるわけではないが、「新しい生活」という題は、出版社のウイットに溢れた編集者がつけてくれたものである。私自身、過去に何度も新しい生活を試みたことがある。十歳になった時、大学生になった時、子供を持った時、五十歳になった時……。しかしどの場合も、決意通りにはならなかった。

私の一生その日までの惰性で生きて来たと言うほかはない。ただその性癖を、あまり大きな罪を犯すことに使わなくて済んだのは幸運だった。これだけのことだって大成功だ、と私は秘かに心の中で思っている。

今度こそ、この新しい状態を続けるぞ、と思っても、私の中に生まれた時から内蔵されているらしい悪癖があって、これが必ず首をもたげる。大きく逆らっても、流れは変えられない。私は東京の典型的な中産階級の庶民的な家に生まれた。当時の生活から見ると、それは慎ましい暮らしをしている限り一生食べるには困らず、自分の面倒も少しは他人に見てもらえる筈だった。しかし日本が戦争に負けたために生涯の予定はすべて狂った。私は自分の世話を見てもらいもしたが、何人もの身近な人々の面倒を見ることにもなった。

何もかも裏目に出た前半生だったとも言えるが、同時に私は人生が予定通りにならないことも悟ることができた。つまり私は原始的な体験によって謙虚になったのだ。それ以後私の意識には進歩も退歩もない。生まれた時の性癖のままに生きればいいように思い始めてしまったのだ。

そんな私が今さら「新しい生活」でもないが、人間はいつも自分の未来に夢を見なければ生きていられるものではない。それが、この新しい本の題についての、言い訳である。

第1章 「新たな道」を見つける 19

第2章　年齢とともに輝くもの　57

第3章　人生の荷を降ろす　99

第6章　一歩踏み出すその先に　

装丁　bookwall
撮影　永峰拓也

第1章

「新たな道」を見つける

ある時期からは余生と思え

昭和二十年（一九四五年）、終戦の年の平均年齢というものを、私の夫は記憶しているという。それによると、女性の平均年齢は四十代、男性は二十代だったという。男たちは戦場へ行き、つまり若く死んだのであった。二十代で死んだ男たちから比べると、四十代まで生きられた女たちは、幸運というかしぶといというか、幸福な存在に見えたろう。夫はその時十九歳で、既に二カ月だけ兵士としての体験をしていた。

もし現代のような医療がなかったら、私もまた間違いなく今の年まで生きていることはなかった、と思う。私は盲腸を患った。一年に何度も喉が悪くなって、抗生物質を飲まないとなかなか治らない。そういうことを生涯に何十度、いや、何百度と繰り返しているわけだから、薬がなければ回復不可能という事態が出てきていたはずだ。

モーツァルトが三十五歳、バイロンが三十六歳、太宰が三十八歳、芥川が三十五歳で死んだというと、大抵の現代っ子は驚く。ことに日本の作家の場合は、あんな難しい漢字を書けた人がまだ、三、四十代だったんですか、というわけだ。

こういう歴史を考えると、今の中年以後というのは、化石みたいな存在なのである。五十歳でまだ働いているなどということは、昔は農業とか豆腐の製造業とか宮大工とか自営業ででもない限りあり得なかったのだ。四十代でもう老人、五十代は完全な隠居である。六十歳、七十歳で生きている人がいるなんてとうてい信じられなかったろう。

だから現在のほとんどの中年は、昔の人からみたら余生である。戦争へ行って、友達が戦死して自分は生き残った人も、すべて今日生きてあることを余生と思っている。戦後生まれでも、大病をしたり、大きな事故に遭ったりしている人も、その後の生は余生だと感じている。この感覚が実に大切なのである。

余生の眼があれば、落ちついてあたりを見回すことができる

余生の眼はしっかりしていて、はっきりと欲しいものを選べる。中年以後は、誰でも少しは余生的な眼を持つべきだし、また持てるはずなのである。なぜなら、三十まで、或いは四十まで生きなかった不幸な人も自分の周囲にはいるのに、自分は幸運にもそれらの輝かしい日々を無事に生きたのだから、文句を言える筋合いにはないことが、凡庸な感覚でも納得できるからだ。

余生というものを少しでもわかる年になって、初めて自分の眼もしっかりと落ちついてあたりを見回せるのである。もしその人が、実際の視力ではなく、洞察力においていい視力を持っているなら、四十、五十くらいになるまでに、人生の天国も地獄も一応は「取り揃えて」見た、という実感を持っているはずだ。幼時に既に地獄を見たと思った人もいるだろうが、地獄も天国も長く続くものではない。するとまた、違う地獄と天国が見えてくることになる。だから退屈すること

もなければ、結論が出ることもない。

責任を持って自分の個性を選ぶ

人は自己の生き方を選ぶべきなのである。そしてそれはまた一人一人に課せられた任務であり、社会を支える偉大な要素になる。人は違っていなければならない。人と同じようにしたいのだったら、何かに「抜きんでる」などという望みもやめて、まったく目立たないこと、その人がどこにいるのかわからない状態に甘んじなければならない。個性を認められる、ということには孤独と差別に満ちた闘いを覚悟するという反対給付がつく。

人生の景色が伸びやかに広がる心持ち

伸び伸びと無理をせず、自分の人生をできるだけ軽く考えることに慣れれば、血圧も下がるであろう。何より、かっとしたり、恨みを持ったりしないと、淡々と人生が遠くまでよく見えて来て楽しくなる。悲しいことがあっても楽しくなれるのである。

見えなかった自分を発見する

人は孤独な時間を持たない限り、自分を発見しない。人は二つの場面で自分を見つけるのである。群れの中にいる時と、自分一人になる時とである。

人中にいる時も、辛いことがある。自分が何気なく言った言葉で相手を傷つけてしまったのではないかと思う時や、自分の能力や配慮のなさが相手との対比の中で際立って見える時である。

そういう時には、自分一人になりたいと思う。一人なら、相手を傷つけないし、比べられることもないし、バカ丸出しのような失敗もしなくて済む。

どんなことでも「目的」を持つと生きがいになる

家の大きさや、庭の広さの問題ではない。人間にとって大切なのは、目的を持つということである。私のような古い人間は、目的を持って生きることは、実は不可能なのである。

けたはずれのお金持ちのお嬢さんがあって、そのひとが又、どこかの会社経営者の御曹子《おんぞうし》のところへお嫁に行く話をきかされたことがあった。

親が何もかも用意してくれてしまうのだという。今どきそんなおとぎ話みたいなことがあるのですかと聞いたのだが、二百坪の土地に四十坪の家を建ててくれて、銀器やうるしの食器をそなえ、ダイヤの指環やミンクのストールも幾つかあってお手伝いさんと外車をつけてもらって新夫婦はできあがるのだという。

皆、初め羨ましがったが、そのうちに次第に憐れみを覚えてきた。

「楽しみがないわね、それじゃ」

と一人が言った。

「そうよ、毎月、食器を揃えていくなんて楽しいですものね。そういうお楽しみがないなんて、お気の毒よ」

私たちはまったくぞっとしたのである。こういう夫婦は、もうおいしいものを食べ過ぎた胃袋のようなもので、ただ限りなく重く不快感があり、空腹のときに、あの一杯の味噌汁、一ぜんの白いご飯をがつがつと食べる楽しみを知らない。

子供時代の体験から導かれる運命の選択

私の母が私を道連れに自殺しようとしたのは、私が小学校高学年の時である。私は今でも母が死のうとした理由を正確には言えない。母といえども他人である。しかし母が死ぬほど結婚生活がいやだったということだけは確かであった。

今の私は態度が悪いから、死なななくても、さっさと離婚すればよかったのに、などと思う。父が意地悪をして、離婚すると言えば母に一円のお金もくれない。

母は食べられないからガマンして結婚生活を続けていたのだ、といくら説明しても、今の人は「スーパーでバイトしたら？」「生活保護があるじゃないの」と言う。スーパーも生活保護も当時はなかったのである。もっとも当時はあって今はないものに乞食という生き方があった。橋の上や駅の構内に座って、空き缶に小銭を恵んでもらう人たちである。

私のほうが明らかに母より強いと思うのは、私は母と違って乞食ができる。母はそんなことをするより死んだほうがましだと思ったのに対して、私はそれを途方もない異常なこととか、みじめなこととか考えないだろう、と思える。

母が自殺を思い留まったのは、私が泣いて「生きていたい」と言ったからである。母は本気で死ぬつもりだったのかどうかもわからない。本気なら、その時までに、刃物で私を刺していたろうとも思うからだ。

私は大きくなってからもずっと、自殺の道連れになりそうになった体験など、すべての人にあるのだろうと思い込んでいた。そんな経験がない人が多いのに驚いたというのが、私の愚かさで、今では笑いの種である。

今日の結論は、教育的に見て、私の両親はいい人たちだったということだ。私に生きることは厳しくて辛いことだと心底教えてくれたからだ。今日では、そんないい教育はほとんどの人が受けられない。

悪評の中で小説家という職業を選んだ

私の十代は、父に、小説を書こうとするような人間は、社会の脱落者だと思われていた。小説を書くような男には、娘を嫁にやりたくない。作家など貧乏に決まっているから家も貸したくない。おまけにもしかすると肺病病みじゃないか、などというあらゆる差別がつきまとっていた時代のことを、今は誰も知らないし、信じないのである。

私の出た大学もアメリカ人の学長が小説家などという「いやしい職業」（そうはっきり言葉に出して言ったわけではないが）に就くことを認めなかった。学生だけが応募できるという小説の募集があって、それに応募するには在籍証明書が要る。私が大学にもらいに行くと、係のシスターは「何のために使うのですか、税金のためですか」と聞き、私が新人小説の賞に応募したいのだと言うと「そういうことのためには証明書を発行できません」と断った。

しかし貶《おとし》められた立場というものは、案外安定がいいものなのだ。そういう悪評の中で、その職業を選ぼうとする人は、覚悟ができている。私は世間通りのいい職業だから、小説家を選んだのではなかった。どんなにばかにされようと、私は小説を書くことがひたすら好きだったから、その道を選んだのである。

不眠症と鬱病に苦しんでいた時に私が夢みた人生

不眠症と鬱病に苦しんでいた時私が夢みた人生は、いつか年とった私が南方の（外国の）どこかで、水上家屋の、道に面したペンキのはげちょろけになった階段に座って貧乏ゆすりをしながら、じっと夕陽を見ている図であった。その時の私にとって、せめてそれが一つのきわめて具体的な理想だったのである。

海で暮らしていると、私は夕映えの度にあらゆる仕事を中断して庭に出た。そして夕陽が海か雲か山に沈むまで見ていた。

私は本当に何度、魂をとろかされるような夕映えを見たことだろう。それは完璧な一つの表現であった。いかなる文章もそれを表現することは不可能であった。あらゆる絵画よりもそれは能弁であり、あらゆる詩よりもそれははるかに包括的に思えた。

私の考える人生の最終目標は、この夕焼を見る時の私のような生の実感を、できうる限り濃厚に味わいつくして死ぬことであった。濃厚ということには必ずしも、「美しいもの」だけが含まれるわけではなかった。憎しみにしても淡いよりは、もしかすると濃い方がいいかもしれない。何ごとによらず強烈に、というわけである。

もっとも私は弱く卑怯だから、濃い憎しみや苦しみに遭うと、すぐお手あげをして、「もうたくさんです」と言いそうではあった。

「思い通りにいかないのが人生」という前提でいる

理想は、どんな状況になっても、持ち続けるべきなんです。そのほうが面白くて楽しいからです。そして、理想に近づける努力を怠ってはいけない。しかし、いささかでも人間が平等でない以上、そこに必ず差別や上下関係の意識が生まれます。それを悪と言うなら、私たちはまず正面切って、悪と向き合い、解決の方向に努力しなければなりません。

しかし、人生には思い通りにいかないことが厳然としてある。現実は平等でも公平でもないのだ、ということを認めなくては、人生を見失うと思います。

自分でコントロールできる運命は一部分にすぎない

希望を失うのは、人間の運命はすべて自分の力の結果だと信じている人の特徴かもしれない。

実は私たちが自分の運命について関与しているのは、ほんのわずかな部分だけである。私たちは自分の力で日本人に生まれたのではない。運動の才能、歌のうまさ、健康、すべて親や運命からただでもらったものばかりである。

これは神からの贈り物なのだ。ただし神は、不運や苦しみを与えることもある。一見残酷に見える苦しみによって、その人が以前には考えられなかったような見事な人に生まれ変わることを予測しているからである。

だから人はいつでも変わることができる。絶望から希望を見つけ出すことも不可能ではない。神に助けてくださいと救いを求め続けて、絶望が希望に変わった例は決して少なくはないのである。

力が及ばない運は神のせいにしていい

人間の生き方には、俗に運というものが必ずつきまとっている。

この運というものが、実は神の意志だと思うことが私には多くなって来たのである。

失敗した、運が悪かった、とその時は思っても、失敗には意味も教訓も深くこめられていたことが後になってわかることが多い。

その過程を意識して、人生の流れの半分に作用する自助努力はフルに使い、自分の力の及ばない半分の運、つまり神の意志にも耳を傾けて、結果的には深く悩まないことが私の楽観主義だと思うようになって来た。

神さまに、半分の責任を押しつけて、それを教訓と思えれば、それもまた楽しいことなのである。

私以外に私の人間形成に責任を負う人はいない

私の性格が歪んだ、という言い方だけは、私はしたことがない。歪んだとしたら、それは私のせいである。親は精々で、二十歳くらいまでしか私の精神生活に深く立ち入らないが、私は生まれてからずっと今まで私とずっと付き合っているわけだから、私以外に私の人間形成に責任を負う人はいない。

人はそれぞれに能力と任務が与えられている

最近私は、嬉しくてしょうがないんです。なぜかというと、今回ノーベル賞をお取りになった先生方が皆、東大出身じゃなかったからです。大村智先生も、決して優等生ではなかったと新聞で読みました。

確かに霞が関なんかには、東大法学部を出て、すぐれた記憶力と判断力を発揮して活躍している人もいます。しかし、子供たちが全員、東大を目指す必要はありません。

キリスト教では、人は「神の道具」であって、それぞれに与えられた任務があるといいます。大工道具だって、ノコギリもあればカンナも、ヤットコもある。ノコギリとカンナを並べて、どっちが上か下かなどと比べることはないでしょう。

ノコギリではカンナの仕事ができない。カンナにはヤットコの機能がないからです。人間もそれと同じです。

ですから、学校で皆が皆、同じ授業を受ける必要はないんですけどね。たとえば、英語と数学は必修科目でなくてもいいと思いませんか。アルファベットや、簡単な計算くらいは分からないと日常生活に支障がありますが、微分積分のような高等数学が、全員に必要だとはとても思えない。少なくとも私には、まったく要りませんでしたよ（笑）。

物理も化学も音楽も美術も、イヤイヤやる必要はなくて、学びたい子が学べばいいんです。そのかわり、国語の勉強は全員にもっと必要です。また、強いて言うならば、哲学や宗教の授業や、体を動かす時間も必要でしょうね。

「美」とは、自分の美学に命を賭けること

今は全く取り上げられなくなった言葉「真善美」のうち、戦後の日本人が熱心

だったのは「善」、それも自分がいかに善人であるかを示す表現だけ。「真」に触れるのは常にかなりの勇気がいり、美にいたっては（ファッションとエステ以外）考えたこともない、という人も多い。「美」は自分の選択と責任において、究極的には自分の美学に命を賭けることである。

与えられたら、どこかでまた与える、という営みを忘れない

私には障害者の友達がたくさんいるが、中でも一番明るいのは、生まれつきの障害者である。見えたことがない人は別に見えないことを少しも不幸とは感じていない。歩き方も実にうまいし、時には私たちの読書の速度より早く点字を読んで、私たちを呆れさせる。だから障害を持って生まれたことが主観的不幸だということにはならない。要は、健康な人であろうが障害者であろうが、自覚の問題だろう。全生涯をかけて、弱点をのりこえて生きようとする人には誰でも手を貸そうとするものだ。

ただ人間の尊厳という観点から見たら、人から受けるものと、人に与えるものとは、別に同じ量でなければならないということはないが、両方が行われなければならない。与えられたら、どこかでまた与える、という営みを忘れないことだ。さらに、どんな好意も受けて当然ということはない。ありうべからざるほどの幸運なのだ、といつも感動し深く感謝できることが大切だろう。

あらゆることに深く絶望すれば、死ぬ楽しみもできる

私は、年寄りになったら、今よりももっと、深く絶望したいと思う。決して思いどおりにはならなかった一生に絶望し、人間の創りあげたあらゆる制度の不備に絶望し、人間の知恵の限度に絶望し、あらゆることに深く絶望したいのである。そうなってこそ、初めて、死ぬ楽しみもできるというものである。その絶望の足りない人が、まだ半煮えの希望をこの世につないで、いろいろなことに口を出す。

内なる悪魔を自覚する

いつも言うことだけれど、私たちは人を尊敬する時にも深く感動して快楽を味わうが、時には人を侮蔑することでつまらない自信をつけ、精神の風通しをよくすることもある。つまりほんとうは人間というものは誰でも五十歩百歩なのだが、自分の中にある醜い情熱を人が代行してくれると、安心してその人を侮蔑することができる。そういう事件が起きると、だから人は大喜びするのである。

「悪くて当たり前」から人生と社会を眺める

悪くて当然と思っていると、人生は思いの外、いいことばかりである。しかし社会は平和で安全で正しいのが普通、と信じこんでいると、あらゆることに、人は不用心になり、よくて当たり前と感謝の念すら持たないようになり、自分以外の考え方を持つ人を想定する能力にも欠けて来る。それだけでなく、少しの齟齬《そご》にすぐ腹を立て、失望しなければならない。私はそのような残酷な思いを若い人にさせたくはないので、現世はどんなに惨憺《さんたん》たるところかということを、むしろ徹底して教えたい、と思ってしまうのである。

「まあまあ」という妙味

私はこの頃、この「まあまあですな」という言葉はなかなか意味深い表現だと思うようになった。

もちろん単に、答えを曖昧にする場合に使われることもあるであろう。しかし世の中には、すばらしくうまくいったことも、取り返しがつかないほどひどい失敗だったということも、普通にはめったにないのである。静かに観察すれば、うまくいった場合にもいささかの不手際は残っており、失敗した場合でも、必ずその方がよかったという面はあるのだ。

不当なものを運命として「楽しむ」ことができるか

わざわざ誤解されることを望むわけではないが、どう思われても地位も名誉も持たない身分では失うものがないのだ。だから冤罪でも、憎悪でも、誤解でも、すべて自分の周囲に起きたことを、翔は二十年前から、運命として「楽しむ」ことに決めたのであった。それが不当で不運に見えても、である。

どんな苦境にあろうと、一生懸命、楽しく生きる

むなしさに帰結する現世の艱難辛苦《かんなんしんく》と対峙するとき、弱い人間がそれに押し潰されることなく自分を保っていくためには、こういうささやかな楽しみで心のバランスをとる必要がある、ということです。

人生の苦しみや厳しさを理解し、懸命に生きる人にとって、楽しく暮らすこと

は神に祝福された行為とみなしているのです。

純粋に人間的な会話

まだ私の孫は、幼稚園に入る前だったという。彼は長時間の乗り物の中でも辛抱強い子で、もちろん泣きもせず、突然おしっこがしたくなると、自分が座っていたエコノミーの席から、すたすたと前の方の、ビジネス・クラスのトイレの方に歩いて行ってしまった。人生、トイレにまで等級があるということは、まだ理解できなかった年である。

ところが子供はなかなか帰ってこない。飛行機の中だから誘拐される心配はないが、彼のお母さんが想像したことは、子供が客室乗務員のお姉さんに捕まり、用事がトイレだとわかると、そこは子供のことだからと大目に見て、ビジネス・クラスのトイレを使わせてくれているのではないかということだった。それでも心配になって、お母さんはしばらくすると、エコノミーの客室から遠慮がちに越境して、ビジネス・クラスの様子を見に行った。すると幼い息子は一人の大人の客の席のそばに立ち止まってお話をしていたのである。

その人は派手な指輪をはめ、サングラスをかけて、一目でヤクザとわかるような人だった。当時、彼らは経済的に豊かで、休みになると、マニラやバンコクへ遊びに行くのがはやっていたのである。

孫はその人のそばの通路に立ち止まり、彼の手をじっと見ていた。お母さんがていねいに息子の無礼を謝ったときに、ちらりと見たところでは、その客の左手のうち何本かは指先がなかった。孫はその人に、「おけがをしたの？」と聞いていたのである。

「まあな」

というような返事をしながら、その人も優しかった。孫はそれから、その人の先っぽのない指先を、何度もいとしそうに撫でた。彼が転んで指を切ったりしたときに、お母さんに「痛いね痛いね」と言って撫でてもらったのと同じ仕種だった。

お母さんは少し動転し、何度も謝って、息子を連れ帰った。この話を、お母さんはこのお正月に何年かぶりで思い出した、という。そしてもう往年のかわいらしさのすっかりなくなった孫は、「そんな話、僕は覚えてもいないよ」である。

しかし私は、その指先のない人は、この子供との会話をきっと楽しんだのだろうと思う。現世の大人たちのくだらない先入観や約束事から離れて、彼と孫は純粋に人間の会話を交わせたからだ。

私怨をうまく使えば生を支える情熱になる

多くの人が、自分の受けた不当な運命を怒ると、社会に対する運動に励んで、その状況を変えようとする。しかし私はそれをしなかった。簡単に言うと人間の一生は、温かい愛の感覚からも原動力を与えられるが、私怨を持ち続けて生きることも必要だと感じるのである。私は後者であった。

私怨にはさまざまな種類がある。人種的に受けた差別、貧困、病気、戦乱の被害、家族的な因縁。それらはすべて、ただ不毛な恨みにもなるけれど、それを使おうと思えば個人が生涯生き続ける情熱を支えるほどの力にもなる。

私は若い時から、政治的な行動を一切しなかった。いいか悪いかは知らないが、それが私の性格だった。外に向かって自分の受けた不当な歴史をアピールしようとするよりも、じっとその思いを胸のうちにおいて発酵させ、いい味に変えてそれを自分の仕事に使おうとしたのである。

ささやかな私怨でさえも、それを公憤に変えて吐き出すと、取られなくてもいい税金を払うようなものだ、と私は思った。しかし生涯私有財産として使えば、そのエネルギーはうんと長持ちする。私の選んだ道は、考えようによってはイヤな性格の結果だが、作家としては別に珍しい素質ではない。私怨を元に生きた芸術家はいくらでもいる。

横軸で働く正義に、慈悲という縦軸を入れる

私が高校にいた時であった。まだ戦後で、ものが不自由だった時代である。私たちの学校に居空きが入った。体操の時間にグラウンドに出て、終わって教室に帰ってみると、どうも各自の荷物の様子がおかしいのである。何人かのかばんの中身が床に散らばっていて、そのうちに「あ、私のお財布がない」「私のブレザーがないわ」ということになった。

今はものなど盗っても仕方がないから、居空きなどという犯罪もほとんどないだろうが、当時はちょっと通りがかりに玄関先に脱いである靴を失敬して行くだけでもけっこう生活がうるおったのである。ただ、私たちの学校では、クラスの中でものやお金がなくなることだけは全くなかった。

やはり間もなく犯人が捕まった。犯人は女性だった。私は何も盗られなかったが、私の友人は、きれいな紺サージのブレザーを盗られていた。犯人はろくに着

るものがなくて、盗むや否やそれを着こんでいたので、すぐ足がついたのであった。こんな素朴な窃盗が行われていた時代だったのだ。

紺サージの上着の持ち主は、Oさんと言ってすらりとした美少女であった。そして私たちの担任の先生は、Oさんにその上着を犯人の女性に上げることを……勧めた、というか、暗示した、というか、納得して選ばせたのである。

これは全く正義とは別のところで行われた行為であろう。どう考えたって盗んだものは、返すのが当たり前だ。しかし、この先生はそうは考えなかった。Oさんは上着を一枚以上持っている。それに対して盗んだ女性は一枚もなかった。そしてOさんはそのすてきなブレザーを犯人に上げてしまうことが、どんなにか惜しかっただろうが、優しい性格だったので、改めてその上着を盗んだ女性に贈ることを承諾した。

後年、この事件の背後にある聖書の言葉を習った。「あなたを訴えて、下着を取ろうとする者には、上着をも取らせなさい」(マタイによる福音書 5・40)

(中略)

人と人との間に横軸で働く正義よりも、神の喜ぶ縦軸の慈悲、ということを納得できるのが、恐らく中年なのである。それまでは、人間社会の理屈を通すことが最大に重大で、潔白なことだと考える。もちろんだからと言って、悪いことをした相手が、害を被った人に、自分には当然慈悲を持つべきだと要求するのは論理の間違いである。しかし判断が、人と人との間の横の判断だけで終わるのだったら、私たちは何のために歳を重ねたのかわからない。

次の段階に移る前に「失う準備」をする

人は一度に死ぬのではない。機能が少しずつ死んでいるのである。それは健康との訣別でもある。

別れに慣れることは容易なことではない。いつも別れは心が締めつけられる。今まで歩けた人が歩けなくなり、今まで見えていた眼が見えなくなり、今まで聞こえていた耳が聞こえなくなっている。そして若い時と違ってそれらの症状は、再び回復するというものではない。

だから、中年を過ぎたら、私たちはいつもいつも失うことに対して準備をし続けていなければならないのだ。失う準備というのは、準備して失わないようにする、ということではない。失うことを受け入れる、という準備態勢を作っておくのである。

準備をしたからといって、失った時に平気にはなれないだろう。しかしいきなり天から降ってきたようにその運命をおしつけられるよりはまだましかもしれない。

「皆と同じで安心」から一歩抜け出す

正直なところどういう子供が親にとって理想的なのかさえ、私はいまだによくわからない。従順で明るく、よく勉強して、世間も認めるようないい学校に入り、常識的な出世街道を歩いている青年に私は何人も会った。しかし私の本心は、そうした幸運で安心なということは、まかり間違っても罪など犯しそうにない青年を見てもすぐには喜べないことが多かった。ほんとうに彼は、自分自身のしたいことを、強烈な個性をもってしているのか、信じ切れなかったのである。

私は次第に組織に組み込まれた秀才のエリートとは弱いものだ、と思うようになった。彼らの多くは、権力も地位も得、自分の能力を信じてもいるように見えるが、どこか心の奥深いところで、実はいつも自信がないし、周囲に恐怖を感じている。自分がばかにされやしないだろうか、組織から外れればどんな扱いをされるだろうか、ということに、おじけ恐れ、いつも周囲の行動を見ていて、それと自分がどれほど違うかを心配している。言葉を換えて言えば、違わなければ安心している。皆がしていること、感じている反応と自分が違わなければ、正しいのだ、と思う心理は、秀才どころか、平凡でつまらない精神の表れである。皆と同じ、ということはいいことでも悪いことでもない、つまりどこにでもいる人の平凡な反応だというだけのことだ。

しかしそういうタイプほど、自分は常識的で優秀な人間であり、まかり間違っても平凡ではない、と考えているのである。

お金が人生の根本的な解決にならないと知った時

1972年から、私は海外邦人宣教者活動援助後援会というNGOのグループを作って、その名前の通り、海外で働く日本人の神父と修道女を経済的に支援する仕事に働くようになった。彼らは家庭を持っていないから、自分の贅沢や安楽のためにお金を遣い込むということがほとんどあり得ない。私たちが送るお金はほとんど洩れなく有効に使われている。

私たちは未知の人から、時々途方もないお金を受けるようになった。嘘のような本当の話である。

普通郵便の封筒に七十五枚の一万円札がきちっと手紙もなしに入っていたこともある。差出人の住所も氏名もわかっているが、どうしてこの百万円をくださったのか、何も記されていないことも一度や二度ではない。四百五十三万円の遺産を頂いたこともある。先日は千六百万円を突然銀行の債券で送って来た人がいた。いささかの事情は告げられている。しかし個々のこうした人々が、なぜ驚くような高額のお金を寄付してくれるのか、その背後の事情は私たちには知る由もない。しかし恐らくそうした人々は中年以後にしかあり得ない考え方の変化によって、お金の遣い道に関する好みが大きく変わったのである。

若い時には、お金が何より大切である。就職、結婚、子育て、教育、家造り、すべてにお金がかかる。お金はいくらあっても、余るということはない。しかし中年以後の或る時から、お金はいくら持っていても、ほとんど人生の根本的な解決にはならないことを知るのである。

介護する側の新たな道

死期がほぼわかっている夫の看病を、何年間かしてきた妻がいた。彼女がその時期に最優先事項として心に決めたことは、とにかく昼も夜も夫と共にいようということだった。仲のいい夫婦だったのである。しかし毎日毎日、二十四時間、死に向かっている人と付き合っていると、彼女は髪の毛が抜けるようになった。

それではいけない。病人も、健康な妻に看病してもらいたいのであって、髪の薄くなった陰鬱な妻の顔など見たくないだろう。

そう気がついた彼女は、週に二日、日を決めて留守番の人に来てもらい、外出することにした。二日のうちの一日は朝のうちに美容院に行って髪の手入れをしてもらい、経済的な余裕のある範囲で、身の回りのものを買った。

彼女は昔は自分のことを買い物魔だと思うくらい買い物が好きであった。しかし夫が病んでからは、ものなど一つも欲しくなかった。ハンドバッグもブラウスも買うと余計に悲しいばかりであった。たった一つ欲しいものは、夫が治って再び二人で暮らすことだけであった。自分には生が約束されているのに、夫は死ぬ他はない、と言われた。家は仏教で、仏の救いを信じないわけではないが、夫とは死ねばそれっきり別れることになるのだろうと思う時もある。一人は生き、一人は死ぬ。その運命の垣を取り払うことができないというのは、暴力的な不条理であった。

外で遊んでいると、健康で外に行ける自分を夫は怨んでいるだろう、という気がした。それ以上に、残された時間を、できる限り夫と一緒にいる、と心に決めたのに、こうして一人遊びをしなければ看護の気力が続かない自分を、彼女は裏切りだと感じていた。

「週に二日くらい休むのは当たり前じゃないの」

と私は言った。

「ご主人の看護だって、長丁場になれば、息抜きするのが続かせるこつよ」

一日は二十四時間しかない。時間が一番やり繰りがきかない。時間が一番残酷だ。時間が一番誠実を要求する。誰に、どこに、何を棄てて何のために使うか、をはっきりさせることを要求する。私は時間が恐ろしい。

人のことを充分に考える年齢

中年以後は、自分を充分に律しなくてはならない。自分にしっかりとした轡《くつわ》をかけて、自分の好きな足どりで、しっかり自分自身を馭《ぎょ》さなくてはならない。もう結果を人のせいにできる年ではないのだ。普通の人なら、親と離れてからの時間の方が長い。たとえ親がどんな人であろうと、その間に充分自分を育てる時間もあったはずだ。

中年以後がもし利己的であったら、それはまことに幼く醜く、白けたものになる。老年は自分のことだけでなく、人のことを充分に考える年だ。自分の運命だけでなく、人の運命さえも、もしそれが流されているならば、何とかして手を差し延べて救おうとすべき年齢なのである。

「過ぎたご縁」を断った理由

私は昔、伯母の世話で、私には家柄の上でも「過ぎたご縁」だという相手とお見合いをしたことがあった。相手も明るい性格だったし、彼の両親にも私は好意を持った。

しかし私が決定的に、この縁談を断る決心をした理由は、その相手の家に連れて行かれて両親に挨拶をした時であった。その家は東京の一等地に、建坪だけで百二十坪くらいの大きなお屋敷を構えていた。後年私はなぜその玉の輿に乗らなかったかを話す時、「だって私には百二十坪のうちをきれいにして行く気力がなかったんだもの」と答える他はなかった。

敢えてジマン（？）をすれば、私はまだ二十歳くらいの時から、「盛大」や「発展」というものをすばらしいと思わずに、ただちにそれら華やかな運命に伴う苦悩や苦労を連想できる能力だけは持っていたということになる。家が広ければ、誰がその掃除をするか、という問題がついて廻るのだ。雇い人がたくさんいれば、誰がそれらの人たちを統括してきちんと働かせられるか、という苦労がつきまとう。

老齢になれば、浮世の義理から一切解放されていい

六十の定年を過ぎたら、いや六十五で老齢年金を貰うようになったら、いや七十を過ぎたら、(つまりいくつからでもいいのだが)もう浮世の義理で何かをすることからは、一切解放するという世間の常識を作ったらどうなのだろう。もう人生の持ち時間も長くないのだし、健康に問題が生じても当然の年だし、義理で無理をすることはない年なのである。

第2章

年齢とともに輝くもの

年を取って不思議な輝きを増すもの

外見のお洒落が完成するに連れて、魂のお洒落の方は、ますます醜くなって行く。

中年以後、外見は衰えるばかりである。三段腹、二重顎、猫背、白髪、禿《は》げ、たるみ、その他あらゆることが決していい方には行かない。その時に、不思議な輝きを増すのが、徳だけなのである。

徳は広範で、私たちの見ている天空のようなものである。そこにはあらゆる人間の、人間だけが持つ不思議な輝きが、光を放っている。光は人生の黄昏から夜の近い頃になって初めて輝き出して当然だろう。

どれだけこの世で「会ったか」に、生涯の豊かさが計られる

その人の生涯が豊かであったかどうかは、その人が、どれだけこの世で「会ったか」によって計られるように私は感じている。人間にだけではない。自然や、できごとや、或いはもっと抽象的な魂や精神や思想にふれることだと私は思うのである。

何も見ず、誰にも会わず、何事にも魂をゆさぶられることがなかったら、その人は、人間として生きなかったことになる。この場合、「会う」ということは、単に顔を見合わせて喋る程度のことではない。心を開いて精神をぶつけ合うことである。それができない暮らしなんて、動物だと私は思うことがある。

一番すばらしい劇場は、私たちが生きているこの場である

醜いこと、惨めなことにも手応えのある人生を見出せるのが中年だ。女も男も、その人を評価するとすれば、外見ではなく、どこかで輝いている魂、或いは存在感そのものだということを、無理なく認められるのが中年だ。魂というものは、例外を除いて、中年になって初めて成熟する面がある。

男たちのほとんどが映画の寅さんが好きなのに対して、私は女性の中で、私をも含めて寅さんなどまっぴらという人を何人も知っている。寅さんの行為は純粋なのではなく、甘いと感じているのである。彼が甘ったれているというのではない。寅さんのような男を愛嬌ある存在と解釈する映画製作の姿勢を体質が受け付けないのである。

その一つの理由は、寅さんとそっくりではないけれど、私が一種の寅さん型の男と、暮らしたことがあるからだ。よそのうちに寅さんがいるなら、おもしろが

って過ごせるが、うちに寅さんがいたら地獄になることを、私は子供の時に知ったからである。可能な限り好意的に見ても、寅さんは一種の「勝手な生活ができるお坊っちゃま」なのである。

私はいつも人並みな成長をして来た。中年になるほど、好きな人が増えた。若い時は許せなかった人でも、その人の一部が輝いているところが確実に見えるようになった。若い時からこのような眼力が身についていれば、さぞかしすばらしい人間になっただろうが、それは無理なことらしい。人は普通に成長するだけで文句は言えない。それは言葉を換えて言えば、どんな人でも中年になれば、人生と人の理解がずっと深まるということなのだ。

それは純粋に快楽が増えるということだ。私たちは映画館や劇場だけで人生を楽しむのではない。一番すばらしい劇場は、私たちが生きているこの場である。そこを通過するあらゆる人にドラマと魅力を見出せれば、こんな楽しいことはない。

今日がほどほどにいい日なら、それで上出来

しかも最大の取り柄は、私の人生における持ち時間（つまり寿命）がもうあまり長くないということだった。だから、よくても悪くても、深く喜ぶ必要も嘆くこともない。今日がほどほどにいい日なら、それでいいのである。

肉体の衰えによって得る神の「贈り物」

人間の心身は段階的に死ぬのである。だから人の死は、突然襲うものではなく、五十代くらいから徐々に始まる、緩やかな変化の過程の結果である。

客観的な体力の衰え、機能減少には、もっと積極的な利益も伴う。多分人間は自然に、もうこれ以上生きている方が辛い、生きていなくてもいい、もう充分生きた、と思うようになるのだろう。これ以上に人間的な「納得」というものはな

い。だから老年の衰えは、一つの「贈り物」の要素を持つのである。

後になって振り返れば何にでも意味はあった

人生は本当に面白いもので、何でも自由ならいいかというとそうではありません。その時はわからないことばかりで、後になって振り返れば何にでも意味がありました。

「わかったつもり」がそうでなかったと知る自由

私は老年にさしかかった頃から、簡単に人生で善悪を決めることをやめてきたつもりだが、こうして人生で初めての生活や仕事の場に接すると、改めていいと言われることにも問題があるだけでなく、悪いと言われていることにも、いい面があることに驚くようになった。その結果、人生には一切予定というものが立たないのだろうという実感も深まった。人間の浅知恵がここまで来て、更にことごとく粉砕されるような感じである。

このような経過を経て、多分人間は死ぬまでに、更なる未知の自由を獲得するのだろう。どんな自由かは知らないが、簡単にわかったつもりになっていたことも、実はそうではなかった、と自覚する自由である。

考えてみるとわからないままでいい、わかろうとしたのだから、と私は思い、自分に「ご苦労さま」と言ってやりたい気持ちになれた。

老年になったら、何ごとも、おもしろがればいい

老年になったら、何ごとも、おもしろがればいいのである。そのためには主体性を持たなければならない。女房が出掛けたので、飯を作らさ**れる**、というような受け身の姿勢ではダメだ。

よし、女房なんかいなくても、ハヤシライスを作って一人で食べよう。あんな

もの、オレがやったら、出来合いのルーなんか使わずに元から作って、もっと個性的な、魂も蕩《とろ》けるような味を出してやる。女房なんか何十年も料理をしている癖に、野菜を煮て同じルーを入れるだけだから、十年一日のようにあの味だ。見ていろ、オレの方がずっと才能があるに決まっている。

そう思って作ってみても、失敗することもあるだろう。その時は女房に気取られないように、失敗作をゴミ箱にぶちこんで、「何作らぬ顔」をすればいい。そして密かに次回の作戦に取りかかる。

失敗しても、へたくそでも、何でもおもしろいという、すばらしい自由な時代に入ったのである。これこそが究極のしゃれた「大人気」だ。このたった一つの地点に到達できないと、いい老年になりそこなう。

自分を厳しく律する人とそうでない人は、年を取ってから大きな差がつく

年を信じられないくらい若い老女がいた。派手な和服を着ても少しも不似合い

でないし、私などは不老の霊薬をひそかに飲んでいるのではないかと信じたくなるくらいだった。

　彼女が米粒というものをほとんど口にしないのだということは、彼女自身の口から聞いた。なるほどご飯を食べなければ太らず、こういうほっそりした姿を保っていられるのかな、と私は考えたが、私は米粒というものがまた、大好きだから、その美容のヒケツさえも守れそうになかった。

　ところが、彼女とたまたま温泉に行ったことのある私の友人が、私に教えてくれたのである。それは、その美しい老女が、お化粧に、毎日、一時間近くかけているということだった。

「なるほど」

　と私は納得した。やはり一つの結果を得るためには、それだけの努力がいるのである。

　娘時代から、長い間、鏡台というものを持たなかった私は（つまり中年になって視力の変化があるまで、腰かけて化粧したことのなかった私などには）とうてい、まねのできないことであった。

年をとって素顔の美しい人もある。それが最高のものであろう。しかし年とって化粧するのはグロテスクだ、などとは言うまい。化粧の下手なのは年齢を問わずにいやらしいが、どちらかというと、年をとって手を加えない醜さのほうが多い。

年寄りになったら、身なりなどどうでもいいようなものであるが、服装をくずし始めると、心の中まで、だらだらしても許されるような気になるものである。比較的若いうちから、女は靴下をきちんとはき、下着も略式にせず、外出の時にはアクセサリーその他を揃えることを当然とする癖をつけておくことである。和服を着ている人なら、襟もきちっと揃え、裾も乱れぬようにし、帯を低めに締めて、真白い足袋をはき、背を伸ばしていたい。だらしない服装をすれば、楽かというと必ずしもそうではないのである。くずすほうは、ほっておいても自然にくずれる。体力がなくなり健康が悪くなれば、誰に言われなくてもくずれてしまう。それ以前は、できるだけ自分を厳しく律する方向へ向けておくことは悪くないであろう。

感覚や考え方が加齢とともに変質するのは不思議ではない

人間自体が年を取ると若い時とは全く別人になっている。少なくとも私はそうだ。「三つ子の魂、百まで」と言われる悪癖の部分は残っているが、確かに十代、二十代では全くしなかったような考え方をするようになっている。簡単にいい人間に変わるとも言えないし、ばかになったとも言い切れない。しかし変わっても不思議はない。

人は変わるのだ。変質するのである。それが加齢の力だ。歴史もまた同じである。一つの出来事に対する感覚も確実に変質している。それを認めないのはおかしい。

「ほんのちょっとのお手伝い」を重ねられれば、人生は成功だ

すべての人は誰もが人生で「ほんのちょっとのお手伝い」をして死んで行けたら大成功なのだ。大統領や総理大臣の業績にしても「ほんのちょっとのお手伝い」の範囲である。その点、父母は「ほんのちょっと」とは言えない偉大な影響を子供たちに残す。

もちろんすべてのことはほんのちょっとだが、できなかったよりできただけ、どれほどよかったかしれない、と私は手放しで喜ぶことにもしていた。見知らぬ母と子のために、階段でベビーカーを持ち上げるのを手伝ってやることだって、「ほんのちょっとのお手伝い」にしては大きな幸福を相手に与える。

心の奥底まで踏み込んで人間的な理解が出来るのはある年齢から

すべて時間が要るのだ。だから中年以後が人生だ。ただ単に社交的な会い方をするならいつでもいいだろう。しかし心の奥底まで踏み込んで人間的な理解をしようというなら、こちらにも人間を観る眼ができていないと困る。どの観点から人を観るなどという巧者なテクニックは、若い時にはとうてい不可能な選択の技術だ。

その用意が整うのが中年というものだ。

すべてのものには「適切な」時がある

去年、私の友人が六十歳を過ぎて恋愛結婚した。花婿さんも五十代にしか見えないが、七十歳くらいだった。花婿さんは夫人を亡くされて、再婚。私の友人は初婚である。

結婚後、彼女が、二人はもう少し早く人生で会っておきたかった、という意味のことを言ったが、私は冷酷な返事をしてしまった。二人はその時に会ってこそ、結ばれたのだ、と思っているからである。

もう一年早く会っていたら、彼は病妻をかかえた既婚者だった。彼女と愛し合っても結婚に漕ぎつけるには支障が多すぎる。それにまた、夫人が生存していたら、この誠実な人は、他の女性に興味を持つことを、自分に禁じてしまったかもしれない。

もう四十年早かったら、彼女はヨーロッパで音楽の勉強をしていた。その頃の日本では、遊びであろうと勉強であろうと、外国へ行くということは、ほんとうに恵まれた境遇の人しかできなかった。殊に彼女の場合は、将来に大きな夢を持っていたから、彼の仕事のために、留学を切り上げ、夢を捨てて日本に帰ります、とは言わなかったかもしれない。

すべてのものには「適切な」時がある、という。

立場に相応しい自己表現

愚痴を趣味にする人と付き合うのも大変だが、反対に自分をいつもよく見せようとする人と付き合うのも疲れるものである。若ぶるという姿勢は、いつ見ても幼いものを感じさせる。それは何歳になっても緊張して体や心を動かし、自分の心身の機能を最大限に鍛えておこうという姿勢とは違う。とにかく時間の経過に逆らって、自分だけはいつになっても若いのだ、ということを示そうとする不自然さを感じさせる。

その年、その立場に応じた適切な自己表現ができるには、まず自分を客観視する態度に慣れるべきだろうし、その次に言葉ではない精神の表現能力が要るだろう、とこのごろしきりに思う。

人も物も使い切れば本望である

修道院の食堂では、週に一度は野菜かごの掃除をしたと思われるスープが出た。残り野菜がすべて細かく切って入れられているから、なかなかおいしいのである。いつのまにか私たちは、つましい主婦というものは、週に一度は野菜かごの余り野菜を使ってスープを作るものだ、と思い込まされたのだ。

しかしこれはなかなか偉大な教育だった。この地球上で命あるものを、私たちはすべて大切に思い、有効に使う使命を持っている。私たちは、自分と他人の命だけでなく、すべて存在するものを、充分に使い切る義務があり、そのための技術も磨くのである。

後年、私の趣味は、継いだり接いだり磨いたり、広い意味で物を直すことになった。壊れたお皿を直して使うために、金継ぎや共継ぎの技術をこれからでも習いたい。指物師《さしものし》になりたかった夢の片鱗は、今でも残っている。

人でも物でも、働き切り使い尽くされたあげく死んだり壊れたりすれば、多分本望なのだと私は思い込んでいる。

健康診断で病気を探し出すことに意味がない年齢

最近私は、いろいろな会合で偶然「名医」たちに会った。もっとも私は名医たちの患者ではないので、どんな病気の専門家か知らない。

その医師たちは私が、「ここ十年以上、健康診断というものを受けたことがないんです」と言うと深くうなずき、力をこめて言うのである。

「それで、いいんです！」

「私は、急性症状を楽にしていただきたい時は病院にいきますけれど、他の時には病院に寄りつかないんです。持病みたいなものもありますけど、診察を受けないので、つまり私は健康です」

相手は再び同感してくれる。

「それが、いいんです！」

名医だなあ、と私は思う。しかしそのすぐ後でひがむことも忘れない。「健康診断を怠るな」というのは常識だ。ただ私の年齢になれば、健康診断は必ずしも必要ではないという人生の知恵を、お互いに確認し合ったということなのだ。

私が健康診断を受けなくなったのは、初めは単にケチの精神からであった。六十四歳で財団に勤め、そこで健康診断を受けるように言われた時、私は当時私の口癖だった「経費は一人いくらかかるんです？」と聞いたのだ。もちろん費用は「会社持ち」なのだが、三万円以上もかかると聞かされ、私は自覚的に健康だったので、健康診断をすっぽかした。健康診断をしないがゆえに手遅れになった人を私も知っているから、決して一概に医療にかからないのを勧めるわけではない。しかし「ヒバクしないためには、まずレントゲン検査を受けないことだ」という素人向きの好都合な言葉もそのうちに覚えた。七十歳を過ぎて足を折った時、散々検査のために放射線を浴びたのだから、後は原始人間に戻る生活をしようと体が感じたのだ。手術と入院で国民健康保険もかなり使わせてもらったので、以後は若い世代の生活を守るために、保険を極力使わない生活を目指した。

私の場合、年間五十万円以上を健康保険料として払い込んでいるが、使わないと損だという人と私は気が合わない。もし、自分が健康保険を使わなくて済めばこんなしあわせはないのである。それは第一、私が比較的健康だということだし、私の分を病弱な人に譲れれば幸いで、自分で使わないと損だ、とする考え方は卑しい生き方だと、私は母から教育されて育ったのだ。

他人に強制することではないが、人は自ら選んだ年齢を過ぎたら、病気を探索しない自由を持つ。しかし先日は角膜を傷つけて目がひどく傷んだし、私は流行に敏感らしく、ノロウイルスによる胃腸炎にもかかった。自費で検査を受けてそれがわかったので、私は数日間、世間と接触するのをやめた。

急場に短期間ならありがたく医療機関のお世話になるが、健康診断で病気を探し出すことは意味がないという年齢は、確かにあるはずである。

「生きるための必要」をこなすことが、健康の秘訣

私はこのごろ、前より頻繁に友達と会う機会を作っている。「生きている内に会えるのも、これが最後かもしれないから」と言おうと思っているのだが、相手があまり元気だと、言いそびれて帰ってくることも多い。

私の同級生には何人も修道女になった人たちがいて、私はその人たちにも会いに行く。「現世であなたたちのような人に会えたから、私は人生を信じて生きて来られたのよ」と改めてお礼を言うためだ。

共に八十歳を過ぎたのだから、修道女にも認知症が出て当然なのだが、今度北海道で訪ねた二つの修道院では、高齢者が多いにもかかわらず、寝たきりの人が一人もいないというので驚いた。

一つは十人の修道女がいっしょに暮らしている共同体だが、そのうち半分以上が八十歳を超している。しかも誰もが健康で、隠居している人などいない。

もう一カ所の修道院は、外部の人とは一切会わない観想会と呼ばれる修道会である。つまり修道女たちは、一生涯外へ出ず、外部の人とも会わない。私のような者は、何年かに一度、特別な許可をもらって、一種の仕切り越しに会う。私はそこで、あらゆる不純な浮世を生きてきた報告をする。

神の存在は人間を寛大にするし、信仰は決して人の内面までは裁かないから、私の話は、愚かさは愚かさとして温かく受け入れられる。

そこでも最後に修道会全員十七人の修道女たちに会ったのだが、ほんとうに外見も性格ものびのびと個性的な人たちばかりで、そのまま俳優さんとしてミュージカルの舞台に上げたら、大ヒット疑いないほどの魅力的な存在だった。しかもここでも全員が高齢にもかかわらず、介護を受けている人はいない、という。

私はお客として修道院で昼食もごちそうになったのだが、北海道名物の帆立貝とアスパラの炒めものといい、野菜のお煮つけといい、すべて純粋の家庭料理なのだが、料亭料理が青ざめるほどの見事な味である。それが贅沢ではないが、きちんと日本料理の真髄を知った客用の器に盛られて供される。ご飯はいい香りのするさくらご飯だった。

どうして皆さん車椅子の方もいないし、寝たきりの方もいないの？　と私が聞くと、もちろんよくは分からないけれど、全員が毎日順番に食事を作り、修道院の庭でささやかな菜園や花壇を作っているからかもしれない、という返事だった。人数は多いし生活費は切り詰めているが、修道院はどこでも温かい手製の食事を共にとることを、一日の大切な行事にしている。それに畑仕事は、偉大な自然の哲学を、日々土の上で働く人に伝えてくれる。生きるために必要なことをしなくて済む老人ホームの暮らしが、どんなに不自然か。それをよしとする行政がどれほど間違っているか、そのうちにわかるだろう。

「笑い」は最高の薬

私の同級生が私と同様年をとっているのは当然だが、私の年下の「若い友達」が七十代になっているのには時々笑うことがある。

先日もヨーロッパへ出かける時「曽野さん、気をつけてくださいよ。また転ぶと足を折るから」と忠告してくれる人がいたので、私は「大丈夫ですよ。私は一番老人ですから、威張って突っ立っていて、若い人にカバンなんか運んでもらいますから」と言ってふと考えてみると、グループの中で一番「若い人」が七十歳だった。今では、ごく自然に七十代が若く感じられる時代になったのである。

私は十年前に怪我で入院しただけで、内臓の病気でまだ病院のお世話になったことはないのだが、私の同級生は、あちこちの不調で入院し、治療を受けてよくなって退院するが、その誰もが、ほんとうの原因も治療法もわからず家に帰って来る場合が多い。

「お年ですからね」と言われたり、「体重を減らしてください」と言われたりするのを、笑いながら、怒っている人もいる。

いい病院でも、今の医療制度ではおかしなことだらけだ。最近入院した夫は、入ってまもなくは、「この病院のご飯はおいしい」と言いながら、やがて何も食べなくなった。もともと食欲がなくて食べないから入院させたので、毎日おかずを運ぶ。当人は「病院のご飯というものは、まずくて当たり前だ。だからボクは満足している」とときどき表現を変えてお盆ごと返すようになった。持参のおかずをやっと少し食べている夫に向かって看護師さんが、「糖尿がありますからあまり食べないでくださいね」と言う。確かに餓死すれば糖尿も治るだろう。

すたすたと歩ける夫のような患者をリハビリ室まで車椅子に乗せて運ぶ。転倒を恐れて一人で歩かせてくださらないので、私は一日も早い退院を望んだ。軽い脱水症状は治っても、今までどこへでも一人ででかけていた人が歩けなくなり、無刺激でぼーっとして帰って来たら、全体としては改悪されて退院することになる。

退院が近くなると、瞬時にワルクチを言う独特の悪癖が嵩《こう》じた。治癒の兆候だ。待合室で、

「この病院は『少々お待ちください』が十五分。『しばらくお待ちください』が三十分。『まもなく参ります』が一時間だ」

と嬉しそうに言う。私たちの隣にいたお年寄りご夫婦のつきそいの奥さんが思

わず笑い出した。

しかし彼は感謝は忘れなかった。退院して数日後に、七十代以上が四人揃ってうちでご飯を食べながら喋った。夫が十日あまりの入院で帰って来られたのを「若い友達」が喜んでくれたのである。

「オーバー・セブンティ」ばかりのその夜の客が言うには、「死ぬまで治らない三大死病」があるのだと言う。アタマの悪いこと、顔やスタイルが悪いこと、根性が曲がっていることの三つで、これだけは名医のいる有名大病院でもそもそも治してくれる科がない。笑うことが最大の薬らしい。

年を取ってからの無精はなかなか愉快

この数日、私は暇さえあれば「ごろごろして」過ごした。流行のインフルエンザにもかかっていないし、小食だからお腹も悪くしていない。八十代の後半なのだから、日がな一日怠けていても不思議はない、と自分に甘い。

ただ身のまわりのことは自分でする。「メンドウくさいなあ」と思いつつ、歯は磨くが顔は時々洗わない。どこへも出かけないのだから、顔を洗わなくても公害にならない。そして誰も私が顔を洗わないことに気がついていない。これはなかなか愉快なことだ。

若い時には顔を洗うのはもちろん、お化粧をし、髪を整えなくては外界へ出て行けないような気がしていた。だから今までの努力は水の泡ということか。しかし今は素顔のままで通る。こうなった上は「仏頂面」をしないことだけは心がけている。

不調でも健康でも大したことではない

食事だの運動だの、私に言わせれば自分の体を気持ちよくするための「小細工」はいろいろある。しかしほんとうのものは、自分の持てる才能のすべてを使って、自分らしい一日を過ごしたかどうかなのだ。そして、その充実の度合いは、外部の誰にもわからない。

私は、実は今日一日の不調が、大したことだとも思っていない。同じ意味で、「どこも悪くない健康」も大したことではない。人はその不完全な体で、何を考えるかにあるのだ。「マッチ売り」の貧しい少女は、マッチを一本ずつすってい る間に「幸福」を見た。だから、それなりに完全な豊かさや幸福を知った少女だったのである。

心の老化を防ぐ配慮

人の老化の過程で、肉体的な衰えは仕方がないにしても、精神的な面だけは少しでも防ごうという思いが、最近の老人たちには強いようだ。

何が心の老化の特徴かということを、私の世代になると、いつも観察している。そして大体同じ結論に達する。それは、人間がどんどん利己的になる傾向を示すことだ。

それに付随して、自分以外の他者の存在にも、外界の変化にも、興味を示さなくなる。いや、示せなくなる、と言ったほうがいいのだろう。この二つの兆候は、ぴったりと貼りついて、表裏一体をなしている。

そうなる理由もわからないではない。体が辛くなるから、人のことなどかまってはいられない。何とかして自分の辛さをごまかすために、とにかくしてほしいことを、相手の都合も考えず、「要求」するようになる。

知人の八十代の奥さんが大腿骨の故障で、手術をしなければならなくなった。妻が歩行できるようにするための入院なのだから当然だと誰もが思うはずだが、九十歳に近い夫は、妻が入院中に起きる自分の生活の不便しか考えない。

ドクターにもその辺の事情がほんとうにはわからない。「ご主人をお連れになって私からよくご説明すれば、手術が必要なことはおわかりになりますよ」というわけだ。そんな生ぬるいことで理解を示す夫ではないが、この夫は、日本一の大学を出たかつての秀才なのである。

あげくの果てに「ぼくの生活はどうなるんだ。そんなことになるなら、自殺する」と言って妻を脅かすようになった。「じゃ、どうぞご自由に、と言ったらどう？　首くくりゃしないわよ」と友人たちが大人げなく、「女性の敵」に対する共闘の構えを見せる前に、奥さんも同じように言ったらしいが、夫はまだその脅しが効くと思っているという。

奥さんは、自分の手術に対する心構えや入院の準備よりも、こういう依存的・利己的な夫を、その期間にどこでどう預かってもらうかの方が、はるかに重大な問題なのだという。

人間がいかに生き、いかに死ぬべきか、ということには、選べない部分もある。今日は私の判断がわずかでも私らしく生きていて、いささか配慮らしいものができたとしても、明日の保証はない。明日は人格ががらりと変わるかもしれない。その日のために、今から知人の誰彼に謝っておくよりほかはない、というのが私の思いだ。

もし最期まで、他者に対する思いやりと感謝を続けられる病人であり死者であれたら、こんなにすばらしいことはない。俗世でどんな出世を遂げるよりも成功者だ。

年を取ってからの病気は、なんでもないと思ってすごす

「あら、年を取ってからの病気は、病気と思えば病気だし、そうでないと思えば、違いますのよ」

「それはまあ、誰にとってもそうですが」

「私、昔から、一定の年になったら、お医者にかかることをやめるつもりでしたから。年取って病気を探すことないのよ。それより、自分でなんでもないと思っていることが大切だわ。それが楽しく生きるこつだわ」

健康維持そのものが目的になったら終わり

健康志向も中年以降は段々激しくなって来る。私の高齢の知人の何人かは、歩

くことが体にいいとなると、一日に五時間も六時間も歩いている。そうなると、生きるということはただ歩くということで、他には何の生産的なこともしなくなる。まあ老齢になって、床に就いて寝た切りになっているよりは歩いている方が傍にも面倒をかけなくていいかもしれないが、健康は生きるための一つの条件に過ぎないのだから、健康維持そのものが目的になったら終わりなのである。

病気の話ばかりする年寄りは相手を退屈させる

世間は裏表のない人がいいというけれど、私は裏面《りめん》のない人など嫌いだ。どんなに沈んだ心でいても、せめて人の前にいる時は明るい顔をしている人が好きだ。裏表のない人はゴリラと同じだ、と思う。

健康についても同じだ。病気は本来隠さなくてもいいものだ。機械も人間も不調になって当然だからだ。それをいちいち気にしていたらたまらない。

ただ自分の病気の話は、他人にとって退屈なものだ。それに気がつかない人は、年を取れば身に付くと言われる知恵がない。「孫、病気、ゴルフ」の話は、集まりの中でしないことになっている。

「仕方なく」生きている実感があるが、みじめだと感じたことはない

私が住んでいる家は、五十年以上も経つ木造の古家で、その屋根の下には家の古さにふさわしいような高齢者が家族として生きている。私がまだ少し働いているので、家には八年もいてくれる六十代後半の日系ブラジル人がいる。そして彼女の休みの週末に来てくれるピンチヒッターは、八十八歳の女性である。その誰もが百点満点の健康を維持しているとはいえないが、いささかの故障は「この年では当然」と思っているので、私は、自分も他人もあまりいたわらない。老年の雇用創出はこんな形でならできるのである。

死ぬ日まで働くことは少しもみじめではない。もう「御身ご大切」を心がけて、生き延びるだけが能という年ではなく、むしろ冒険に出ていい年なのだ。生きて

いる限り、働くのが自然だ。ライオンだって野生では自分で餌を取らねば飢え死にするのに私たちはいつも動物園で飼育係から鶏肉を投げてもらうライオンばかり見ているので、生き方に対する感覚が狂っている。

別にお金になる勤めに出なくてもいい。人間も、料理、洗濯、掃除、片づけ物をしてこの世を生きるのが当然だということだ。私の場合、毎日料理という名の餌作りをする。生活上で持ち続けるこの緊張感が、私の場合は健康に役立っている。少し熱があってもだるくても、仕方がないから働く。一万歩は歩かず、ジムで運動もしないが、雑用をすれば自然に体は動いてくる。私はいつも「仕方なく」生きているという実感を持っているのだが、それをみじめだと感じたことはないのである。

嘘でも「明るい顔」を見せるのが礼節

高齢者になって、私が自由を得たと思う点は幾つかある。もういつ死んでもいいのだから冒険をしてもよくなったということと、高齢者に対する辛口の批判を言い易くなったことである。

自分が若いと、高齢者批判は、純粋に悪口にしか聞こえない。しかし私自身が批判を受ける対象群に入っていると、ことは少しおもしろくなる。

ここ一週間ほど、私は時々落ち込んでいた。帯状疱疹《たいじょうほうしん》に罹《かか》って、痛み止めの薬づけになった日があったからである。

その間つくづく、病人であろうと老人であろうと、暗い顔をして機嫌が悪いということは、社会や家庭において純粋の悪だということを実感した。

病人なら仕方がない。年をとったら口もきかず仏頂面をしていても当然、という一種の優しさが世間にはある。しかし人口の約四分の一だか三分の一だかが高齢者になる時代に、そんな機嫌の悪い人がたくさん世間にいられたらたまらない、というのが私の素朴な実感だ。

私の子供の頃、社会も学校も親も、耐えることをよく教えてくれた。しかし今は、子供の希望はできるだけ叶え、生活環境の苦痛は可能な限り取り除くのが当然、ということになった。

耐えるということは、一種の嘘をつくことだ。辛くてもそういう表情をしないことだから、そこにいささかの内面の葛藤は要る。他人が不愉快になるだろうから、できるだけ明るい顔をするということは本来一種の義務なのだが、そんな嘘はつかなくていいという人もいる。またそうしたいと思ってもできない状況はあるのだが、私は改めて子供には日常性を失わないで済むだけの嘘をつく（耐える）気力を教え、大人や高齢者にはどんなに辛くとも周囲に対して我慢と礼儀を尽くせ、という教育をしなおした方がいいと思うようになった。

子供は正直がいい、という。もちろんくだらない嘘はつかないことだ。しかし少し大きくなったら、自分を表現することに関しては、少々の嘘くらいつけて、明るい顔ができなくては困るのである。

しっかりしているうちに、高齢者には高齢を生きる技術として、他者の存在に深く配慮できる人であり続けるような老人学も教えた方がいいだろう。

とにかく老人は隠居だけしていればいいのではない。老人にも任務がある。心の内面や肉体には影も苦痛も出るかもしれないが、無理をしても明るく感謝を続けることだと教えなければ、今の高齢者の尊厳は否応なく失われる。

後妻幻想と戯れる

私は基本的に他人のことを書くのが好きではないので、四月十四日に亡くなった親友の上坂冬子さんのことについても実は礼儀からも書きたくない。しかし私たちがいつも笑いこけていた逸話、「登録済みの伝説」というものだけは残しておいてもいいだろう。

上坂さんについて、あまり人が知らないのは、実は肌のきれいな人だったということだ。「上坂さんのヌードを見る会をしましょう」と私が言うと、たいていの編集者が、お愛想にでも「いいですねぇ」と言ったものだ。

そんな人がどうして結婚しなかったかということになると、人の身の上を聞く趣味のない私には何も語るデータがない。

ただいつの頃からか、彼女は身近な人の奥さんが死んだら、後妻に行くことになっていた。私が「あなたの再婚の相手」と言うと、その度に彼女は「私は初婚ですからね」と訂正した。もっとも彼女に言わせると、「私がこれはと眼をつけた人の奥さんは、みんな丈夫で長生きする」らしいが。

最初は、近所に住んでいたという利便性もあって三浦朱門だった。

三浦朱門は後妻の予約を喜んで、上坂さんと偶然名古屋の或る会でいっしょになった時も、土地の教育委員だという生真面目な人に、「上坂さんはボクの後妻に来てくれることになってます」と言ったらしい。すると相手は深刻な表情で「ほう、そこまで」と頷いた。後で上坂さんは「ばかねえ。ここは、冗談もユーモアも通じない土地なんだから」と三浦朱門に言ったという。

もっとも上坂さんも、自由が丘で行きつけの店の前を通りかかると、傍にいた三浦朱門を澄まして「主人ですの」と紹介することがあった。三浦が「違う違う」と手を振ると、「何も本気で否定しなくったっていいじゃないの」とモンクを言った。

三浦朱門が後妻ならぬ後夫候補からまもなく落とされたのは、非常識が極まったからだと言う。上坂さんは和服が似合う人だったが、或る日三浦朱門に会うと、ぽんと自分の帯を叩いて「五千円」と言った。

三浦が「え！　その帯が五千円」と言うと、「何言ってるのよ。着付け代が五千円よ」とたしなめられた。

人は神と悪魔の中間で生きている

大人というのは常にある程度の裏表を作って生きてゆくものです。

嘘をついてはいけない、いつもありのままの自分でいなければならないといまの日本人は考えるんですってね。「みんないい子」だという誤った前提のもと、戦後の教育は行われてきたからです。

しかし、なぁなぁで生きてゆけるほど世の中は甘くない。

人は誰しも神と悪魔の中間で生きているんです。純粋な善人も、純粋な悪人もこの世にはいません。

むしろ、人間の悪い面を理解し、それとうまく付き合う術を身につけてゆくことこそが、自立するということなのです。

危険な会話で互いの立場を確かめる

私が怖いのは浅い付き合いであった。ちょっと知っているが、よくは知らない、という人である。何が相手を傷つけているのか、喜ばせることになるのか、手掛かりが摑《つか》めないので、何気ない話をして終わる。それがまた落ちつかない。会話というものは、決してこういうものではないと知っているからだ。

大体、可もなく不可もない会話で、友達などできるわけがないのである。私にとって、会話には、甘さも要るが辛さも必要だった。それはたとえて言うと、いささか田舎臭い家庭料理の味で、上品な料理屋の味つけではない。私は四十歳を過ぎてからたくさんの友達が出来たが、その理由は、かなり危険な会話をすることで、お互いの立場を確かめられたからだと思っている。

私はまちがっているのかもしれない……

老年になって判断が狂い出すのは、生理的な変化である。道徳的、あるいは人格的荒廃を指すものではない。

ただ、自分ではけっしてそうは思わない。

だから、自分のほうがまちがっているのだろうと思える人は、まず、まだかなり柔軟な気持ちを持っている人である。

しだいに愚かしさも好きになった

私はこのごろ、しだいに愚かしさも好きになった。迷ったり、愚かしかったりすることがなかったら、それは、もはや人間ではない。人間を信じることと同時に、人間を信じないことも必要である。人間を信じない人間だけが、あるがままの人間を認めようとするのかもしれない。

第3章

人生の荷を降ろす

聞き残したものがない身軽な関係

最近、私の体験した生活上の変化は、誰にでもあるものだが、夫が亡くなったことである。長患いもしなかった。最期、苦しみもしなかった。周囲の人たちが、みな私を助けてくれた。

だから彼は一年一カ月の最後の時期を希望通り家で過ごし、九十一歳の誕生日を数日過ぎて、意識がなくなった後のほぼ一週間だけを、病院で楽に過ごさせてもらった。

入院時にすでに回復不能な肺炎だったが、特に積極的な治療はせず、ただ呼吸が楽になるような処置だけが施されたように見えた。

私の家では、カトリックの神父に、うちで葬儀のミサを立てて頂くことはしたが、社会的に広い斎場を借りて、みなさんにお出で頂くような葬儀の場を設けなかった。それが夫と私の好みであった。死者が生者の生活の邪魔をしてはいけない、という思いを夫もよく口にしていたからである。

だから私は多分他家がお葬式を出す場合の、故人の妻のような疲れ方をしなくて済んだと思うのだが、それでも夫の死後、四カ月を過ぎた頃、私はどれだけ眠ってもまだ眠いというのを感じた。

私たちは結婚して六十三年近くも一緒に暮らした。ほとんどあらゆることを語ったような意識もある。だから最期の入院の時、救急センターの呼吸器科の女医さんが、「もう後数十分でお話ができなくなると思いますから、今のうちにお話しになることはなさっておいてください」と言われた時、私は思わず笑い出し、「うちはもう六十年以上喋りに喋りましたから、今さら話すことはないんです」などと言ってしまった。

身軽、ということはどんな時でも大切なことだ、と私は思う。この場合、夫と私との身軽な関係というのは、すべてを語り、聞き残したこともなく、借金も金の延べ棒の山も残さず、というようなことだったような気がする。

この一見当たりまえの単純な人生の結果が、つまり身軽な人生なのだ。

老年は身が軽くなる

よく人は、老年は先が短いのだから、という。その言葉は願わしくない状態を示すものとして使われるのだと思う。しかし私はそう感じたことがない。もう長く苦労しなくて済む。もう長くお金を貯めて置いて何かに備えなければならない、と思わなくて済む、もう長く痛みに耐えなくて済む。晩年はいいことずくめだ。晩年には、人生に風が吹き通るように身軽になる。晩年には人の世の枷《かせ》が取れて次第に光もさしてくる。

「身軽であること」が人生の最高の条件

私は体育会系の訓練を何一つしないまま、中年になった。そして五十三歳の時、友人たちと初めてサハラ砂漠横断の旅に出た。

本当の目的は、自動車で千三百八十キロ、水とガソリンの補給の利かない砂漠の深奥部を抜けることだったが、その前に北部の岩の荒野を、一日に二十キロ歩いて、古い洞窟に残された岩絵を見に行く計画もあった。車で行けばいいのに、という人もいたが、つまりそのあたりには、全く自動車道路がなかったのである。私は同行者に「歩けるでしょう」という口約束だけして出発した。リュックはごく軽くした。それでも、五キロほど行くと、私は背中の荷物を重く感じるようになった。

仲間の一人に、大学時代、冒険部だか探検部だかにいた体力のある人がいた。その人は私のリュックをさっさと自分のリュックに入れてくれて、私は空身《からみ》になった。すると、とたんに私はすたすたと歩けるようになり、めったにない体験ながら、二十キロをどうやら歩き通した。

大抵の人が、私同様、体力がない。だから、重いものを持っては人生は歩けないのだ。

世の中の「おばさん」族と言われる女性たちが、中年の或る年から、急に「鰐革のハンドバッグなんかとても持てないわ」と言うようになる。立派で見場がいいし、丈夫でもあるのだが、鰐革は重いのだ。その点、布やビニール系の安っぽい素材で作ったものは軽くて、ハンドバッグそのものが目的とする機能をきちんと果たす。

人生は、サハラの道のない北部砂漠より、はるかに長い。それをとにかく歩いて行かねばならない。だから身軽が最高の条件だということを知るのは、かなり高齢になってからである。

まだまだ片付けが足りていない

こちらも、数年の間に死ぬのである。ただ相手のように、その期間を教えられていないだけだ。教えられていたら、私はもっと熱心に人生の後片付けをするだろう。私は夫の死後、暇をもてあますことは、精神に悪いと思ったので、あらゆる収納場所が空になるほど家を片付けた。ほんとうの目的は、探しものをせず、取り出し易く、自分の行動を楽にするためである。

しかしもっとものを棄てなければならない、とまだ考えている。原稿でも仕事でも、締め切りがないと、人間はなかなかやらない。私は財団に勤めていた時、作家と違って締め切りなどという浅ましい制度を知らない職員に、締め切り制度を作った。案件の認可をいつまでも引き延ばしておくと、つまりは時間当たりの労働単価が高くなることになる。無理なく、人間的である余裕を残して、人の仕事にはすべて締め切りがあるべきだ。

欲しくなる煩悩と整理しようとする禁欲の狭間で

日記、写真など、子供がぜひ残してくれ、と言わない限り、老人と呼ばれるようになったら、少しずつ始末して死ぬことだ。ただこれが、私にはなかなかむずかしい。

衣服はもうあまり買わないようにしようと思うし、食器なども、客用のいいものをどんどん使って楽しく食事をして、もうこれ以上数を増やさないようにしようと思うのだが、旅に出てきれいなものを見るとつい欲しくなる。こういう煩悩は切り捨てるべきだということはわかり切っているのだが、あんまり禁欲的になると生きる意欲が削がれる場合もある。

ただ全体の方向としては、減らす方向に行くべきだ、ということだけは、心に銘じておいたほうがいい。

これは私の全く個人的な目標なのだが、私は自分の写真を残すとしたら五十枚だけにしたい、と思っている。もうすでにかなりの量を焼いた。私から見て叔父叔母は懐かしい人たちだが、その人たちの結婚式の写真なども焼いた。私の子供の時代になったら、もう会ったこともない人たちのことはほとんど興味を持たなくてもしかたがない、と私は思っている。

郵便はがき

おそれいりますが切手をおはりください。

102-8519

〈受取人〉

東京都千代田区麹町4-2-6 9F

株式会社 ポプラ社

一般書編集部 行

お名前 (フリガナ)

ご住所 〒 TEL

e-mail

ご記入日 年 月 日

ご愛読ありがとうございます。

読者カード

●ご購入作品名

[　　　　　　　　　　　　　　　　　　　　]

●この本をどこでお知りになりましたか？

1. 書店（書店名　　　　　　　　　　）　2. 新聞広告

3. ネット広告　4. その他（　　　　　　　　）

年齢　　歳　　性別　男・女

ご職業　1.学生（大・高・中・小・その他）　2.会社員　3.公務員
4.教員　5.会社経営　6.自営業　7.主婦　8.その他（　　）

●ご意見、ご感想などありましたら、是非お聞かせください。

●ご感想を広告等、書籍のPRに使わせていただいてもよろしいですか？
（実名で可・匿名で可・不可）

●このハガキに記載していただいたあなたの個人情報（住所・氏名・電話番号・メールアドレスなど）宛に、今後ポプラ社がご案内やアンケートのお願いをお送りさせていただいてよろしいでしょうか。なお、ご記入がない場合は「いいえ」と判断させていただきます。
（はい・いいえ）

本ハガキで取得させていただきますお客様の個人情報は、以下のガイドラインに基づいて、厳重に取り扱います。

1. お客様より収集させていただいた個人情報は、よりよい出版物、製品、サービスをつくるために編集の参考にさせていただきます。
2. お客様より収集させていただいた個人情報は、厳重に管理いたします。
3. お客様より収集させていただいた個人情報は、お客様の承諾を得た範囲を超えて使用いたしません。
4. お客様より収集させていただいた個人情報は、お客様の許可なく当社、当社関連会社以外の第三者に開示することはありません。
5. お客様から収集させていただいた情報を統計化した情報（購読者の平均年齢など）を第三者に開示することがあります。
6. はがきは、集計後速やかに断裁し、6か月を超えて保有することはありません。

●ご協力ありがとうございました。

一つ買ったら、一つ捨てる

物を捨てると、新しい空気の量が家の中に多くなる。それが人間を若返らせる。ことにまだ日本が貧しかった時代に若壮年時代を送った人々は、勿体ない、いつかいる時があるだろう、と思って、包紙、ビン、箱などを溜めておく。一つには捨てるという操作は、とっておくより大変なので、自然にそうなるのだが、家中に何年間も溜めたそれらの古物を始末するのに莫大なお金がかかったという話をよく聞く。

一般に、品物は一つ買ったら一つ捨てるべきであろう。一つとっておいたら、古いものを一つ捨てねばならない。限られた面積に住む庶民生活の、それが道理である。

老年は必要なものしか要らないことを悟る時

すべての物質は、お金を含めて、必要なだけ十分にあるのがいいが、それ以上は要らない。ソフトバンクの副社長だったインド系の人は、約百六十六億円の役員報酬だと報じられていた。

人はすべてのものに好みがあって当然だから、金も多いほどいい、と言う人がいても構わないのだが、そういう額の報酬を欲しがる人、それに応じる人、トップにそれだけ儲けさせる商品を買った一般の客、すべてがどこかおかしいと私は感じている。つまり賢くないのである。経営者が賢くない会社に繁栄が続くはずがない。

どんな人にも一年は三百六十五日、一日は二十四時間である。眠る時間が十時間は欲しいという人もいれば、五時間で済むという人もいる。しかしそれでも一年に使える時間は限られている。

百六十六億円を、どう使うのか。投資をする。慈善的仕事に寄付する。個人の享楽に使う。大きく分けて、これくらいしかない。世界の各地に、数十軒の別荘を持っているという富豪の話はよく読むが、いかに富豪といえども、一年を四百日に増やすことはできないのである。すると持っている別荘を使う日にちは、別荘の数が多いだけ減る。

自家用機を持てば、好きな時に待たずに次の土地へ移動できる、とそうした富豪は言う。しかしそれも正確ではない。どんな金持ちでも左右できないのは、気象条件である。飛びたいと思っても、ルート上の天候が悪ければ、待つ他はない。さもなければ、悪天候に弱い小型機は落ちて乗っている人は死ぬだけだ。

別荘は、きれいに保管しなければその意味をなさない。草茫々で、蜘蛛の巣の張っている別荘など、お化け屋敷だ。するとその管理に人手もお金も、そして何より心が必要だ。雇われた管理人は、必ず手を抜く。しかも別荘の持ち主である富豪自身も次第に年を取るから管理する気力も体力も減る。

世間を見ていると、こうした「夢のある暮らし」をしたがる情熱は、六十歳くらいから始まる。その年齢になると、少しお金の自由もでき、そうした浪費をしても仕方がない、と世間が認めるようになるからだろう。その手の暮らしを十五年から二十年近くすると、人間は再び変わる。日常生活以上のものを持つという負担に耐えられなくなるのだ。そこで人間は初めて、己を知る。自分にとって必要なものしか要らないのだ、という当たり前すぎることを悟るようになる。

肥満より恐いのは、死があることを忘れて生活の荷物を増やすこと

何よりも、たいていの人たちは、食欲に任せてたくさん食べる。そして太る。私も六十歳くらいの時、四、五十歳の時より、確実に十五キロ太っていた。今は元に戻ったが、それは食欲が自然に減ったからである。

しかし肥満よりも恐ろしいのは、私たちが青春から中年にかけて、自分がいつか必ず行動の不自由な老齢に達し、それから当然の経緯としていつかは死ぬのだということを忘れて、生活の荷物を増やすことを恐れないことである。

それも当然なのだ。私も子供の頃、一人娘だというので、親に雛道具を買ってもらった。父は凝り性だったので、お雛さまだけでなく、蒔絵《まきえ》の雛道具を少しずつ買い集め、一種のドールハウスを作った。

それは今ではもう作る人もいなくなった職人芸だから、私は大切に保存しているが、その雛道具はここのところ、十年以上も飾られないまま、私の家の納戸と呼ばれる部屋に積まれている。今、多くの人が、お雛さまなど飾って楽しむことをしなくなったのだ。若い人たちは、それよりももっと楽しいことを発見している。

私はスポーツの才能がなかったから、ゴルフやスキーはもちろん、テニスさえしなかった。そのおかげで使われなくなったゴルフ道具、古いスキー、ラケットなどが、納屋に放り込まれているということもない。私の性癖が偶然、幸いしたのだ。

生の最後の瞬間に初めて最も大切なものに気付く

死を前にした時だけ、私たちは、この世で、何がほんとうに必要かを知る。私たちは日常、さまざまなものを際限なくほしがっているが、もし明日の朝には世界中の人類が死滅する、ということになった時には、誰もがいっせいに、今まで必要と信じ切っていたものの九十九パーセントが、もはや不必要になることを知るのである。お金、地位、名誉、そしてあらゆる品物。すべて人間の最後の日には、何の意味も持たなくなる。

最後の日にもあった方がいいのは「最後の晩餐用」の食べ慣れた慎ましい食事と、心を優しく感謝に満ちたものにしてくれるのに効果があると思われる、好きなお酒とかコーヒー、花や音楽くらいなものだろう。それ以外の存在はすべていらなくなる。

その最後の瞬間に私たちの誰もにとって必要なものは、愛だけなのである。愛されたという記憶と愛したという実感との両方が必要だ。

過度にお金を欲しがる人は、不必要な体力や精神力を浪費している

一方で、貧しい生活にも同情すべき点はある。いつも目的のものが充分に手に入らない暮らしをさせられると、すべてのものに飢餓的な感情を抱くようになることもある。つまり、もらえるものなら、いつでもたくさんもらっておこう。食べてもいいなら、食事の時間や健康状態など考慮せず、いつでも十二分に食べておこうという気分になる。これも困る性癖である。

アフリカの村で、パーティーを開くと、招かれていない人までやって来るのは、ごく普通のことだ。貧しくて、家では「たらふく食べて」いないからである。

彼らは自分一人、しこたま食べて帰るだけではない。家族のためにパーティーの食料を持ち帰ってしまう。もちろん「お持ち帰り用の容器」などのある社会ではないから、女房子供に食べさせたい食料は、長いシャツの裾で包んだり、ポケ

ットにじかに入れて持って帰ったりする。どろどろのソースに漬かっているような料理でも、ポケットに入れる。もちろんシャツは安いものだが、それでもべとべとになって染みがつくだろう。料理は水分が脱けて、ごみだらけだ。しかしそんなことは一向に気にしない。

人間、要る分だけは要るのだ。しかし要らない分は、逆にその人のお荷物になる。

この判定ができる能力が人間の知恵であり、賢さである。だから自分には不要な程度のお金や財産を欲しがる人は、たえず不必要な体力や精神力を浪費していることになる。それも「ご苦労さま」なことだろう。

お金を得る代償が肉親との別離になってもいいという不健康さ

物とお金に対する欲求は限りがない、という例を、私たちはよく見かける。すでに充分な財産持ちなのに、さらに親が死ぬと、「残されたわずかな分け前」まで当てにする、というケースは多い。しかも、その「わずかな分け前」は、兄弟姉妹と醜い争いの結果、手に入れなければならないものであったりするのだ。憎しみまで動員して手に入れたお金の代償が、現世での血縁との別離であったりする現実を知ると、私は不思議な気がする。もしかすると、こういう単純な欲求が強まる時は、その人は少しばかり肉体的に不健康なのかもしれない。

人間の生き方には、配慮と計画が要る。それができることが健康のバロメーターといえるのだろう。

希望が叶えられた瞬間に、別の重荷を背負う因果

多くの成功者は、自分の希望が叶えられた瞬間に、別の重荷を背負っているのを知ることにもなる。これは私が信じている不思議な神話である。選挙で当選した直後に妻が病気で倒れたり、社長になったとたんに娘が刑事事件を起こしたりする。こんな悪いおまけがついて来るなら、望みが叶えられなかった方がどんな

によかったか知れない、と思っても後の祭りなのだ。多くの成功者たちは、世間から「あんな幸運な方はどんなにかお幸せでしょう」と言われる一方で、悪夢のような現実を生きているのが内実ではないかと思う。

富や名誉、望むものをすべて与えられても享受することが許されない

同じ旧約聖書の「コヘレトの言葉」の中には、次のような件もある。

「太陽の下に、次のような不幸があって、人間を大きく支配しているのをわたしは見た。ある人に神は富、財宝、名誉を与え、この人の望むところは何ひとつ欠けていなかった。しかし神は、彼がそれを自ら享受することを許されなかったので、他人がそれを得ることになった。これまた空しく、大いに不幸なことだ」（6・1〜2）

なぜ享受できなかったかは書かれていない。しかし今でもこのような例はたくさんある。お金を山ほど持ちながら、病気がちだったり、時間が全くなかったり、

家庭が円満でなかったりする人はよくいる。そして彼が必死で作った財産を使うのは、彼自身ではなく、会社の従業員だったり、不肖の息子だったり、憎んでいる兄弟だったりする。

自分が自分らしく必要にして充分なだけ持ってれば非難されない

よく世の中には、夫の地位が上がったり、会社が思わぬ発展を遂げたりすると、急に自分の生活レベルを上げる人がいる。それが決して仮の状態だとは思わず、生まれてからその時まで自分がどういう暮らしをして来たかも忘れて、すぐぜいたくな環境に自分を馴らしてしまうのである。

しかし本当に人間に必要なものは、そもそも最初から決まっているらしい。どんな大食いで食道楽でも無限に食べられるわけではない。二本の足は一度に一足の靴しかはけない。

私は俗物根性で、今迄世界の王宮、宮殿などという所に行くと、すぐ皇帝や王の個人的な生活を覗きたがった。儀式としての政治を行う場や公的な政務室と言われる場所は別として、その人が個人となった時、本を読んだり、手紙を書いたり、詩を作ったりするのは、どういう部屋なのだろう、といつも興味があったのである。

その結果わかったのは、皇帝や王がプライベートな時間を過ごすのは、いつも小さな部屋だということであった。望めば大広間の王座に机を据えてもらうことのできる人たちである。しかし皇帝や王といえども、そういうことは望まないのであった。

公的な空間というものは、どれもむしろ残酷で非人間的な場所であった。それは「その人がその人になることを許さない場所」「肩書なしの個人に戻ることを考えていない空間」であった。王の椅子、いわゆる王座というものは、原則としてその前に立つだけで、そこに腰かけないものだ、という。疲れたらお座りなさい、というのが、椅子の機能である。しかし皇帝や王には、椅子は権威の象徴になるだけで、決して疲れを癒してくれるものとはなり得ないのであった。

私の幸せは、私が望めば、自分が自分らしく、必要にして充分なだけ持っていれば、それで誰からも非難されないことであった。身分や立場を考えて、大きな椅子に座らなければならない、ということもなく、お金がないために椅子がなくて地べたに座っていなければならない、ということもなかった。椅子は、自分の目的、身丈、好みの重さ軽さなどに只合っているだけでよかったのだ。

瘦せ過ぎも太り過ぎもいけない、というのは、お金でも当てはまる

女性は誰でも、スリムになりたいと言う。しかし私の見るところ、人は中年で太り、老年で瘦せる。私の年になると、少し体調が悪くなると、もうご飯の量が減る。だから体に少しお肉が要るわね、などとも言い合う。

少なくとも私よりは医学的知識を多く持っている人から教えられたのだが、一般に内臓の手術をすると、十五キロは体重が減るという。手術後の体重が四十キロを割らない方がいい。ということは、普段から人は五十五キロほどの体重はあ

った方がいいということになる。そうでないと「病気も、手術もできない」ことになる。つまり一定の体重は、一種の保険だ。

増えたり減ったりするのが、人間の営みである。貯金通帳の額だって、一定の範囲で増えたり、減ったりするのが健全だ。しかしその場合でも、つまりお金でも、あり過ぎないことが健全でいい、と私は思う。

痩せ過ぎも太り過ぎもいけない、というのは、体重でもお金でも当てはまる。しかし適当に変動があるのが、これまた健康な人生の姿なのである。

人のお金で動く時にはほとんど自由がない

基本的、原始的不幸――つまり今日の衣食住を確保されていない不幸――を体験したことのないすべての人は、我々をも含めて、基本的、原始的幸福を発見する技術をもまた見失っているのである。それは「正しいことの反対もまた正しい」とか「正しくないことの反対もまた正しくないことがある」という論理とよく似ていた。つまり今晩食べるものがあるということだけで、どれだけ幸福か。今夜、乾いた寝床で寝られるということだけでどれだけの大きな幸せか、を考えたこともない人は、やはりそれなりに幸福を知らないのである。

お金もそうである。少なくとも私は、自分のお金で遊んだり勉強したりした時が、一番楽しく手応えがあった。この事実の背後には、或る素朴な真実が隠されている。「ヒモつきの金」という言葉は実によくできているということだ。世間は決して無駄なことにお金は払わない。だから、私に誰かが金を出すという時には、その分だけその人は自分の意図の許に私を働かせようとしているのである。だから人の金を使うと、私は自分の楽しみで、時間や目的や相手を選ぶことができない。私は完全に自分の時間を売り渡すことになるのである。

まだ若い時にはお金がなかったから、取材費は出版社が持ってくれても当然という気がしていた。しかし途中でどうにか自分の自由になるお金ができた時、私はいち早く取材費を自分で出すことにした。これは魂の自由のために絶対に必要なことであった。だからたとえ王でも総理でも、人のお金で動く時にはほとんど自由がないのである。

限りある人生の主な要素をどう使って行くか

昔「人間は一度に一枚ずつしか服を着られない」という諺《ことわざ》がイタリアにあると聞いた時にはほんとうに感心した。

若い時、特に学生時代には、服などいくらでもあれば着られるような気がしていた。一度には確かに一枚ずつだけれど、長い人生では服などどいくらあっても楽しく着られる、と信じて疑ったこともなかった。

時間も同じであった。映画を見るか、旅行をするか、宿題になっている英語の本を読むか、友達の家を訪ねるか、どれをしてもいいので、どれをするか自分が決めればいいだけの話であった。退屈というものについてもよく考えた。退屈している人を見たことがある。お金のある奥さんで、浮気をしていた。普通に言うと退屈はよくない。しかし退屈しないと人生も見えないだろう、などと矛盾したことも考えていた。

たった一つ、人生で強力な制約になるものは、お金がないということだろう、というのが当時の私が到達できた理解の限度である。

しかし中年以後はそうでないことがわかった。青春を抜け出したとたんに、私たちの心を大きく占めるのは、限りある人生の主な要素をどう使って行くか、ということである。体力、お金乃至は物、時間、心などをどう配分するか、ということは実にむずかしいことで、しかも他人は誰も決めてくれなければ、その結果を引き受けてもくれないのである。

食は少し足りないくらいが体調をくずさないコツ

ある時、学術的な調査をするグループの人たちと、近東の田舎を旅することになり、私がその食料調達係をすることになった。カップ麺はかさばるので、袋入りのもっとも素朴な干したラーメンを持参することにした。昼ご飯には、どこかでお鍋と火を借りて、そこでラーメンを調理することにしたのである。調査隊は十二人だった。私は若い人たちも多いことだから、という計算で、一食あたり十五袋くらいの麺を使う気持ちでいた。

するとこういう人数のグループを扱い慣れている人が言った。

「曽野さん。十人なら、九袋でいいんですよ」

「だってみなさん、よく食べるでしょう。それじゃ足りないと思いますよ」

「いや、それでいいんです。充分に食べさせると、必ずお腹を壊す人が出てきます。けれど人間、少なく食べさせておけば、決してすぐ健康を害するようなことはないんです。どこかで数日休息を取れるような場所に着いたら、お腹いっぱい食べさせますから」

この手のベテランの指導者によると、人間は少しくらい食物の量が足りなくても、決して体調を壊しはしないと言うのだ。むしろ過剰な食料の摂取の方が、かなり短時日のうちに健康不調を示す。痩せて健康な人はいても、太って丈夫な人はいない、ということらしい。

ある年齢までいけば、その後どれだけ長く生きたかは大した問題ではない

親たちの長寿を祝う、という気持ちが、家族にあるのは当然である。しかし六十を過ぎたら、その人は、人間として、いいところは既に生きたのだ。七十を過ぎたら、もっと余分にいいところは生きたのだ。だから、その後どれだけ長く生きたかということは、大した問題ではない、と私は思う。

死によって人生の重荷から解放される

私は今でも、そして誰にとっても、死ぬしか解決がつかない状態というものがある、と思っている。皆が助け合って、困った人を救うというのは美しい話だが、そのような美談はいつも成立するというものではない。それは出来の悪いテレビドラマの筋で、すぐにばれるような嘘がある。だから少し賢い人は、そんなお伽《とぎ》

話《ばなし》のような解決策を期待してはいない。これは私が、不仲な両親の間で育った子供時代の実感だ。そしてそういう時、人間はたとえ子供でも、救いに希望をかけられず、一番いい方法は、自分に死が与えられることなのだ、と考えているのである。

今でも、死は実にいい解決方法だと思う場合がある。自殺はいけない、人殺しもいけない。しかし自然の死は、常に、一種の解放だという機能を持つ。痛みや苦痛からの解放だという場合もあるし、責任や負担からの解放である場合もある。周囲の人に、困惑の種を残して行くという点で無責任だという場合はあるが、死ぬ側にとっては、自然に生を終えれば、死は確実な救いである。

こうした死の機能を、私たちは忘れてはならないと思う。どんなに辛い状況にも限度がある。つまりその人に自然死が訪れるまでである。期限のある苦悩には人は原則として耐えられるものだ。

だから私たちは、自分の死を死に易くするためにも、もし今苦しいことがあったら、それをしっかりと記憶し、死に臨んでそれらのものから解放されることを深く感謝すればいいのである。

「いいえ」を言う勇気を持つと楽になる

人間は、つきたての餅のようなものである。すぐ、なだれて、くっつきたがる。違いを違いのまま確認するということが、実は恐ろしくてたまらない。できたら、人と何とかして違わないのだ、と思いたい。しかし、実際はれっきとして違っているので、つい、悪口を言いたくなるのである。

もし、或る人が「いいえ」と言う勇気を持っていたら、どんなにこの世は生き易くなるだろう。「いいえ」と言うことは、決して相手を拒否することでも、意地悪することでもない。むしろ多くの場合、それは各々の立場が違うことの確認である。「いいえ」を言える人は、当然「はい」の言える人である。友達に何かを頼まれる。それは、或る場合には、それほど気楽にできることばかりではないかも知れない。時には、自分が少々不便し、辛い目にあうという、不利を承知で引き受ける。それが本当の「はい」である。

いかなる美徳も完全ではないと知ると、余計なものを背負わずにすむ

この世でいいものと思われているものだって、決して単純にいい結果ばかりもたらすとは言えない。

私の若い時のノートに「純を愛しても人を困らせ、不純を愛しても社会を困らせる。どちらにしようか悩まない人が一番怖い」という意味のことが書いてあった。

健康は他人の痛みのわからない人を作り、勤勉は時に怠け者に対する狭量とゆとりのなさを生む。

優しさは優柔不断になり、誠実は人を窒息させそうになる。

秀才は規則に則った事務能力はあっても、思い上がるほどには創造力はなく、

自分の属する家や土地の常識を重んじる良識ある人は決してほんとうの自由を手

にすることはないのが現実である。

いかなる美徳と思われていることも完全ではないことを知ると、人は何をやっても、自分が百パーセントいいことをしている、という自覚を持たなくなる。それが大切なのだ。

不幸を理性で喜べば、不平を残さない

「人生は苦難の連続である」という現実を、私たちは認めるべきなんですね。そしてその不幸が人間をつくることでもある。その点に気づいて、喜ぶべきであるということです。

人間は、順風満帆の日々を喜ぶことはできても、苦難の日々を喜ぶことはできない。うまくいかないことがあれば、不平・不満を述べたてる。それが人間です。でも、イエスは「喜びなさい」とおっしゃる。

思えば、私たちは実社会で「喜びなさい」という命令をあまり聞いたことがあ

りませんね。現代では、不平・不満を述べたてる技術は学びますが、喜ぶという技術は教えられない。だから、ちょっと戸惑ってしまうところでもあります。

私たちは、不幸な状況にあっては、心から喜べないけれど、たぶん理性で喜ぶべき面を見出すのが、人間の悲痛な義務だということです。

心にあることを出したほうが心は軽くなる

知人が来て、彼の勤め先の空気が、ほんとうに暗い、と言う。

「暗いってどういうふうに？」

と私は尋ねた。

「誰も何もしゃべらないいんですよ。ただ連絡とかそういう当たり障りのないことだけで……だから何を考えてるんだか、全然わかんない……」

それではつまらないだろうな、と私は思った。私の家では、可もなく不可もないようなことは誰も言わない。

賛成する時は、はっきり賛成。どちらでもない時は、まだわからない、という言い方をする。私は気が短い方だから、このことがよかったか、悪かったか、どうしてもはっきり言ってしまう。ただし、言葉ができるだけ荒くならないように、その結果の不愉快な思いを決して長引かせないようには注意はしているけれど。

その反対に助けられた時には、心から感謝する。自分の素質になかったことを補完してくれる人というものは、家族にも世間にも身近にも、必ずいるものである。知らない知識を教えてもらうことはざらだし、私が怠慢から忘れていたことを補ってくれたりするとほんとうに助かる。お礼を言うことは楽しい仕事だ。

怠けることには意義がある

私が原稿料をもらって書くようになって間もなく、夫は或る日、私に、家族や自分の病気を理由に、原稿を書けない、とか、締め切りに遅れる、とかいう言い訳をしないように、と言った。

原稿のことばかり気にしていて、家族が風邪をひいて熱を出しても、看病もしない生活の方が悪いように私は思っていたが、夫に言わせると、プロの道を選んだということは、仕事を優先する覚悟を持つことなのであった。子供が熱を出したら、締め切りを遅らせるのが当然と思うようだったら、プロにはならなければいいのだ。アマならいつでも「今月は子供が病気なんで、原稿は書けないのよ」と言っていれば済む暮らしを選べる。私はそれをしなかったのだ、というわけだ。

私は、お腹は丈夫な方だったが、風邪だけはよくひいた。中年の頃、夫と二人で、前橋の講演会に行った時も、喉を悪くしていて、体は熱っぽかった。当時は前橋まででも、前日に行って泊まっていたところを見ると、やはりその頃の鉄道は、移動に今よりはるかに時間がかかったのであろう。

前橋に着くと、主催者は私の様子を少し心配していた。明日講演の時間が来ても、私が高熱のために講壇に立てません、と言うのではないか、という心配である。

すると三浦朱門が、私の代わりに言っていた。

「大丈夫ですよ。彼女はプロですから、どんな高熱でも講演はしますよ」

しかし基本的に、夫は私より怠けることが好きだった。というより、人間の怠けたがる部分に、大きな意味を見いだしていた。

総体的には、いつも彼は、私に努力をすることより、休め休めと勧めていた。休みさえすれば、大抵の病気は治る、と思い込んでいる。

後年、私が始終アフリカや東南アジアに出かけるようになってみると、彼のこの怠け癖は、健康維持のために意味のあることなのであった。

一生は間違いでよかった……

その道の専門家が、学問上のあらゆる知識を結集しても、人間の予測は食い違うのである。専門家ではない私たちが、自分のささやかな人生の計画が思いどおりにならぬことを見つめねばならぬのは当然である。一生は間違いでよかったのだ。私も間違い、相手も間違った。お互いに、これで、許し合うことにしたらどうだろう。

本物の自由人になるには

真理という言葉は、少しばかり威圧的な意味あいをも含むが、真理に到達する手前には、私たちが真実を知り、認識するという操作が必要とされている。つまり自分がいかにいい加減な人かを知ることも一つの真実なら、この世が醜いことと美しいことのないまぜになっているということもまちがいのない真実である。そのようなことを認めてこそ、私たちは初めて、土性っ骨のすわった自由人になれるということである。

自分のことを隠したがる人は背の荷物が重くなる

世間には、さまざまな苦しみがあるが、その一つのタイプに、自分のことをやたらに隠したがる人がいて、いつでも、自身や家族、果ては遠い一族のことまで、病気であれ、貧しさであれ、性的な不始末であれ、ひた隠しにしなければならない、と恐れている。

およそこの世で起こり得ることは、自分と周辺にも同じように起きて当たり前だ、とはこういう人たちは思わない。何とかして他人の悪口の対象にならないために、マイナスの要素はすべて隠そうとする。

しかしそれは多分世間というものを見据えていないから、そうなるのだろう。同じような苦労は世間に転がっているはずだ。

「人生の意味」を発見できることほど喜ばしいことはない

人生の意味の発見というものほど、私には楽しく、眩しく思われるものはない。その発見は義務教育でも有名大学でも、学ぶことを教えてもらえない。強いて言えば、読書、悲しみと感謝を知ること、利己的でないこと、すべてを楽しむことが、そこに到達することに役立つだろう。

第4章

生きる知恵を磨く

幸せを感じるのは才能であり、それは開発できる

幸せというものに関して考え違いをしている人がいる。幸せは外部から客観的に整えられる条件で、お金があれば幸福、なかったら不幸、という図式的な考えである。しかし幸せを感じる能力は実は個人の才能による。しかもその才能は、天才的な素質でも学歴でもなく、誰にでも備わっている平凡な、しかも自分で開発可能な資質なのである。

自由になるために上品とは反対の生き方も習った

人はいたずらに年をとるわけがない。生きれば生きただけ人に会っている。これは一種の財産である。

人を通して、私は表現まで習った。

　一般的には、人は良識的で慎ましく、誠実で高級な暮らしをしているように見せることを心掛ける。私ももちろん毎日の生活の向上を示すような上品な生き方も見習った。貧相に見えないスーツの袖丈とか、比較的脚のきれいに見えるスカートの長さなど、すべて友達が教えてくれた。袖丈は、軽く肘を曲げた状態で手首の骨が隠れる長さにする。脚が太く見えない基本的なスカート丈は、大きくて醜い膝の骨がちょうど隠れる寸法、というような知識である。

　しかし私は同時に、反対の表現も人から習った。ばかに見せること、図々しく振る舞うこと、通俗的な面を強調すること、かなりずぼらだと思わせること、冷酷さを印象づけること、守銭奴的な言動を取ること、すべて友人から習ったのである。これらの要素がない人はめったにいないから、それらを私の中で明確にすることは簡単で自然なことだったし、そうすることでいささかの悪評を取れば、私はいい人だと思われなくて自由になったのである。

人間はどんな立場になろうが、自分を生かす配慮をするしかない

母が生きていた頃、私にとってペットを飼うということは、してはいけないことだらけだった。抱いたらすぐ手を洗いなさい。決して動物を寝床の中に入れてはいけません。人間の食器に口をつけさせてはいけません、という具合だった。

しかし私一人になると、私は二匹の猫にしたい放題のやり方で接した。人間の食物は与えなかったが、彼らが夜、私の毛布の中に入って来るのを拒まなかった。誰も見ていないのだからいいや、と感じたのである。

ことに雌の「雪」はヒゲで私の頬にさわり、私の腕の中で眠りに落ち、間もなく暑くなるのか、深夜勝手に私の寝床を抜け出して床に下りるようになった。私は半分夢の中で「そうだ、猫も人間も自立が大切」などと思いながらほっとする。

私は夫がいなくなって初めて、自分の生きたいように暮らすことを知ったのだ、と言ってもよかった。それまで私は、両親の娘、やがて夫の妻、息子の母として、

自分の家の中でも、自分の行動が家族の他のメンバーにどういう影響を与えるか、ということを反射的に考える癖がついていた。

しかし人生の終焉の頃になって、私は初めて自分勝手な生き方を許された。だからいいというのでもなく、悪いというのでもない。私はそういう状況に置かれたのだ。

そして人間はどのような立場になっても、生きている限り、そこで自分を生かすほかはない。囚人になっても、難民になっても、外国人として迫害されても、自殺するだけの気力がなければ、人間は自分を生かすための配慮をするほかはないのである。

「人生は平等でない」という認識から知恵が湧く

人間は平等である、と日本人は教えられましたが、これはれっきとしたうそですね。私たちは平等であることを願いはしますが、現実は決して平等ではないし、運命もまた、人間に公平ではあり得ない。それを親たちも教師たちも決して容認してこなかった。

同じ電車に乗っていて、事故が起きた時、どうして誰かが命を落とし、すぐ隣にいた人が無傷でいられるのか。何も悪いことをしていない幼い子供たちが、死んでしまうのか。この疑問に答えられる人は、一人もいないでしょう。

私など、人間の中には平等を嫌う遺伝子が埋め込まれているのではないか、と感じることさえある。できれば、人よりいい思いをしたいと考えるのが、その表れです。卑近な例でいえば、小料理屋で、私の次にアンキモを頼んだ人に板前さんが、「申し訳ありません。たった今、最後のが出てしまいまして」と言い訳しているのが聞こえた時、私の幸福は倍の大きさになるのよ（笑）。やったぁ！私は運が良かった、と思うわけ。まったく人間が小さいけれど、飛行機事故で亡くなった人と生還した人と明暗を分けたような場合、生きる幸運をつかんだ人とその家族は幸福に満たされるでしょう。死亡した人の家族の悲嘆を知りながら、生きた自分の幸運を喜ぶのです。実際問題として、人間を平等に扱う、人間に平等の運命を与えるなどということは、できることではありません。ただ、どんなに運命は不平等でも、人間はその運命に挑戦し、できるだけの改変を試みて、平等に近づこうとする。それが人間のすばらしさだと思います。（中略）

子供たちには、むしろ人生は不平等である、という現実の認識を出発点として教えるべきですね。そこから人間はそれぞれにおもしろい脱却の方法を学ぶ。たとえ人間的な欠陥であろうと、病気やマイナスの才能であろうと、辛い境遇であろうと、それが個人に与えられたものなら、それを元に生きていく。それが私たちの出発点であり、それが人生のテーマになり得る。平等ではない運命を、しっかりと使う方法を考え出すのが、人間の知恵というものです。

長い年月を静かに平凡に生き抜くことの凄さ

私はすべての物ごとに終わりがあることを深く感謝している。この世には、まだ多くの人間が体験したことのない恐怖があると思うが、その一つが「終わらない」という状況である。

アウシュビッツの拘束、政治的圧迫、病気の最終段階。すべて終わらないと困る。だからだろうか、世間の多くの制度や技術は何かを終わらせるために知恵を絞って開発されてきたようにさえ、思えることがある。離婚、退職、消防の技術もそれぞれの問題を終わらせるためだ。ことに痛みなど、終わらせるためになら、死んでもいいという人さえいる。始める、始まる、のも大切だが、終わりも貴重な変化だと知った人間が、あらゆる状態に備え、知恵を絞って収束方法を考え出してきたのだ。終わりを祝福する、という思いが、もっとあってもいい。

かつて一生、親族や、自身の病気や、社会の経済的変化に苦しみ続けた初老の老人の死に立ち会ったことがある。出棺の際、娘は彼に「お父さん、さようなら。この次には、あまり苦労のない境遇に生まれていらっしゃいね」と声をかけた。それ以外の贈る言葉はないようにさえ思えた。

「終わりよければ、すべてよし」などと簡単に言うけれども、よき終わりを得るのは、長い年月、実に地道に生きた人だけである。一見平凡に「何事もなく」生き続けるには、「人生の達人」にならなければならない。

人生には、特別に光り輝いている成功者の物語も多いが、私は長い年月を物静かに生きぬいて、平凡な生涯を送った人々の生きざまにいつも深く打たれてきた。そのように黙して生きた人々に、改めて深い賛辞を捧げたい思いである。達人の生涯とはそういう境地なのだ。

そのためには、多分自分の一生にも、未来を見据えて賢く備えねばならないのだろうが、同時に自分の近くにいる他者のことにも深く心をかけねばならないはずだ。自分一人が幸福になって、周囲の悲惨を顧みない人には、平穏な生涯が送れるわけがない。

疑いの精神が「生きる力」になる

私が人より持っているものがあるとすれば、それは疑いの精神。私はそれも才能だと思っています。信じる才能を持つ人もいれば、私のように疑いの精神を持つ者もいる。それが役に立ち、生きる力になることもあるんですよ。

自分の眼も批評家の眼も絶対正しいと思うべからず

小説でも、和歌でも、作者名を消してみればいいんだ。それで読んでみて、いいものはいい、悪いものは悪い。一人の作者でも、いい作品はいい、悪いものは悪い。総なめに、いいとか悪いとか、決めることはないさ。それともう一つ、決定的な批評というのはない。自分の眼も、批評家の眼も、共に絶対正しいと思うべからず。

ほんの少し考えを変えればいいだけなのに

人間の幸福は、究極のところでは決してお金では完全に解決しない。人間を最終的に充たすものは、あらゆる矛盾に満ちた複雑な人間の要素なのである。

しかしそれ以前に、お金で解決できる部分はある。

昔知人に、嫁が何もしてくれない、と文句ばかり言っている女性がいた。中年を過ぎかけた頃から、その人は膝が悪くなって、外出するときには荷物の重さが身に応える、と言っていた。嫁は最近、自動車の免許を取った。それなのに、決して「お姑《かあ》さま、お送りしましょうか」とは言わない、というのが、不満の原因なのである。

私からみると、お嫁さんは家庭教師のようなことをしていて、専業主婦とは言いがたい。結構忙しいのである。だから姑の外出の時間に合わせて、自家用車の運転手を務めるということもなかなかできない。一方、姑はかなり倹約家で、少々の小金もある人なのに、膝が痛くて荷物が持てないのならタクシーに乗るということを決してしない。

外出の時、いささかのお金を払って、いつでも誰でも頼めるタクシーに乗りさえすれば、痛みに耐えたり、そのために気持ちの平静を失うこともなくて済む。その結果、家族が対立して憎しみの心を持つこともなく、楽しいことだけに心を使っていられる。こんな方法があるとは、何とありがたいことだろう、と思えばいいのに、この一家は不満だらけである。

頭がよくないと思われていることの利点

私の出た学校は、昔はあまりできのよくない女の子が行く所と思われていた。受験戦争のおかげで、しかしそのおっとりのんびりした学校にも秀才が来て下さるようになり、今から二十年も経てば優秀な若い世代のおかげで、私もきっと昔からの秀才校の卒業生だと誤解してもらえるようになるだろう。

そのように、あまり頭がよくないと思われている学校の出身者には、どういう強みがあったろうか。

第一に、私たちは謙虚になれた。自分は頭脳明晰でもなく、物も知らないのだから、勉強しなきゃ人並みについて行けないんだ、と思う。この姿勢が大切なのである。

第二に、頭が悪いと、いつも人がバカに見えることもなく、常に他人を尊敬していられる。私のひそかな偏見によれば、他人が常に自分より劣った者だと思っている人には、その実感による満足よりも、不幸な意地悪な心理が表情に出てきているような気さえする。

学びは、好きなことが出来る楽しさを増やす過程でもある

強いて言えば、勉強の楽しさというものは、魂の空間に、今後の思考の足しになるようなものを満たしていくことなのかと思う。品のない言い方をすれば、空のお財布に寛大な伯父さんがお金を入れておいてくれた時のような感じだ。これで好きなものが買える、という豊かな気分だ。

ほとんどのことは「たかが」。そう考えればそんなに難しくない

ほとんどのことは、実は「たかが」なんです。それこそ救急医療とか、閣僚の決定というのは大変だと思いますが、あとのものは「たかが」です。

むしろ「たかが」と思うと、落ち着いて見られる。夫婦だって他人同士だって、そう思っていれば、ぶつからずに済む。自分もいい加減だけど、あいつもいい加減だよな、と仲良くなる。そう考えると、いろんなことはそんなに難しいことじゃないんです。

素顔の自分と対面しなくてはいけない義務

私はアフリカの田舎町のレストランで食事をすることも始終あった。町では一番のレストランだが、ハエはいるし、テーブルの上は埃だらけだった。

店主は料理ができるまでの間、私たち客の空腹をなだめようと、近くのテーブルにあったアラブ風の薄焼きパンを積んだ籠《かご》などを持って来る。それらのパンは、家畜のウンコが乾いて埃になったものもかかっていただろう。ハエのソファ代わりにもなっていた代物である。

私はそういう場合、普通、日本では持っているはずの思いやりや謙虚の美徳をかなぐり捨てて、利己主義になっていた。私は決して一番上に載っているパンを取らなかった。積んであるパンの下の方から引き抜いて食べるのである。そうすれば、ハエがたかっている率も、家畜の糞が粉砕されたゴミに触れている率も、少しは低くなるのである。

自己弁護的に言うと、日本では私は決してそんな見え透いた行動は取らなかった。

日本では私は出された食料は古びているもの、形のくずれたもの、端っこの部分を取ることが普通だった。その家の主婦というものは、大体そういう行動をするように馴らされているのである。

しかしアフリカでは、誰もがこのパンの引き抜きをやる。一番上の、濃厚な埃と菌をかぶったパンは誰が食べるかと言うと、生まれてこの方、手を洗ったことなど数えるほどしかない、という感じの暮らしをして来た土地の男か、猜疑心の薄い善良で不運な日本人の旅行者などが食べるのである。

しかしそれでもなお、人間には運というものがある。だから雑菌を満載したパンを食べても、丈夫な人はお腹を壊さないのである。

つまりそういう形で、私は自分が道徳的な人間であるという錯覚さえ失っていったわけだが、それは私にとって必要な教育であったような気もする。人間は誰でも、素顔の自分と対面しなければならない義務を負っているからである。

人生はいかがわしい見世物

一般的にアラブ人たちは、自分が直接体験することを素直に受け止める見事さを持っている。それを外から見た思惑で価値を変えたり、言うのを憚《はばか》ったりしない。アラブの格言の中には、日本人なら、落語や漫才の中でやっと大きな声で言えるようなことが、たくさん納められて普通に語られている。

「人生はいかがわしい見せ物だ」

「たくさん持ち過ぎているのは、足りないのと同じだ」

「賢い人は見たことを話し、愚か者は聞いたことを話す」

「行動を起こす前に、退路を考えろ」

「賢い人の推理は、ばかの保証より真実」

「正義はよいものだ。しかし誰も家族ではそれを望まない」

アラブ諸国の中には、今も昔も政情穏やかならない土地が多い。アラブの揉め事を、自分たちの考える正義の規範で収めようとするアメリカ人の為政者たちは、多分、右に挙げたような真実過ぎる格言を読んでいないのである。

嘘は愚かだが、道徳的に非難できない面もある

人はあらゆる嘘をつく要素を持っている。もちろん恐怖からでも嘘をつくのだが、相手の歓心を買いたい、さし当たり相手との不愉快な関係から逃れたい、得をしたい、などあらゆる理由が考えられる。それはとりもなおさず人間に内蔵される矛盾した性格の存在を示しているからで、だから私は自分をも含めた人間のつくちょっとした嘘を「愚かだなあ」と思うことはあっても、実は道徳的にそんなに非難したことはないのである。

人の言動には裏やそのまた裏がある

人間社会のことは、決して単純ではありません。建前と本音があって当たり前。人の言葉や行動には裏もあり、裏の裏もある。裏があるから、人生は補強される

のです。日本人は、すべて単衣で裏表がないから、厚みもなければ強くもない。

こんなことを口にするだけで、「じゃ、政治家がうそをついたり、政治的理念などほったらかしにして派閥作りに奔走するのがいいのですか」などと言われてしまう。でも不純にもいろいろあって、下世話な言い方をすれば、下等なものと上等なものがある。不純というと、一つの概念しか数えられないというのが、そもそも幼稚なんですね。

人間は原則として愚かである

人間が基本としては愚かであり、弱いものであるという認識にまず立たねば、そこから抜け出すこともできない、ということは、すばらしく逆説的である。なぜなら、人間がもし原則として賢く、正しく、よく物の道理が分かり、かつ強いものだということになると、それは現世の種々相とことごとくぶつかり、一切のものが説明できなくなる。

この愚かしさの認識は、信仰の世界ではみじめさでも何でもない。それは遥かな明るい未来を思わせる出発点であり、もっと直截に言えば、「神の前の快感」とでも呼ぶべきものである。そしてこの認識は神の存在なしでは不可能である。なぜなら誰にでもできるやさしい認識の方法は、比較するという形でしかないからだ。

樹木が教える堂々たる生の営み

長く一つ道をまっしぐらに生きることの強さを、イチョウも柿も私に教えてくれる。どれも歳月が生んだみごとさである。政治家と違って、彼らは生きる道を模索したり、どちらにつけば得策かということを計算したりしないのである。

植物は誰にも迎合しない。他者の都合では生きない。権威にも屈しない。芽を吹くときも葉を落とすときも、自然というか本性というか、あるべき姿に従って、それを運命と思う。堂々たる生の営みであり、命の終わり方である。

心と体の「声」を聞く

病院からも見放されたので、私は仕方なく漢方の本を読み始めた。そしてごく穏やかに血流を促す薬を自分で選んだ。飲み出して数十日後にふと気がつくと、膝の痛みはほぼ消えていた。

もっとも私はすべて自己流で薬を飲んだのではない。漢方医にもかかったのだが、その時今でも忘れられない、よい言葉を教えられた。

「薬というのは、飲んだ翌朝、『ああ、またあの薬を飲もう』と思うようなものが、体に合っているんです」

このごろしきりに、医師にもらった薬が合わないのだが、悪いから仕方なく飲んでいる、という言葉を周囲で聞く。特定の量を飲み続けなければ効かない抗生物質のようなものは別として、体が拒否するのだったら主治医にそう言ってやめればいいのである。

私は近年、与えられた薬を飲んで、二度もひどい副作用が出た。一度は指先の力が抜け、朝ご飯のトースト一枚を指で摘まめなくなった。もう一度は地方から羽田空港に帰り着いた時、頻脈と呼吸困難で歩きにくくなった。前者は気管支拡張剤、後者は一種の鎮痛消炎剤の副作用である。どちらも飲むのを止めたらすぐ平常に戻った。

それ以来、私は草根木皮《そうこんもくひ》を煎じて飲む原始人に還ったのだが、生き抜くには、肉体的にも精神的にも、時々権威や、世論や、周囲に、個人の責任において逆らうことも必要らしい。心と体は誰より自分に語るものだから。

施しの考え方が日本とは正反対のアラブの知恵

クウェートで近代的なオフィスを持っているアラブ人に話を聞いている時であった。ドアが開いてベールで半分顔を隠した婦人がおどおどと入ってきて、片手を差し出した。その日はイードと呼ばれる祭りに関係した日で、その女性は、日本風に言うとお金をもらいに来たのである。しかしそれは物乞いをしに来たのとは少し違う。その女性の手には金の腕輪が光っていた。

主人が立って行って、多分お金を渡した後で、私はあの人にいくらおあげになったのですか、と尋ねた。クウェートの貨幣で、主人は五十円くらいを渡したと言った。

金持ち国クウェートではあるが、移民かもしれないし、五十円あればどこの国でも甘パン一個は買えて空腹はしのげる。

それから再び、三十分ほどが経ったとき、同じような仕草で別の女が門付《かどづ》けをもらおうとして現れたが、その手首には十本近い金の腕輪が光っていた。

「あの人にはいくらおあげになったのですか？」

と私は尋ねた。

「五百円やりましたよ」

「最初の人の方が貧しそうですから、日本ではそちらにたくさんやりますが」

「それは違う」

主人は言った。

「施しをする時にも、相手の生活の格を見てやらなければなりません」

思えば私はオフィスに座っているだけで、実に多くのことを学んできたのである。

商品をあえて高く買う理由

ずっと以前、アフリカの田舎で、レンガ建ての教室を建てる計画を任せたカトリックのシスターたちに対して、私はレンガ一個の値段を、決して土地の業者の言いなりにならず、相場通りに値切ってください、と頼んだ。細かい価格は忘れたが、仮に業者が一個十円で予算を出してきたら、必ず土地の人に、それは妥当な値段なのか、それとなく聞いて判断してください、と言ったのである。

業者が、日本人シスターたちに出した見積もりは十円でも、土地のお父ちゃんたちが、自分の家の修復用にレンガを買う時には、五円で買っていることはよくあるのである。

それでもレンガ屋は、外国人には七円までまけることはあっても、決して土地の人に売るのと同じ値段にはしないことがある。

そのような状態について、ある日本人が私に教えてくれた。

「曽野さん、そういう時は七円で折れてやってください。

第一の理由は、われわれ日本人は金持ちで相手は貧しいんです。少し慈悲の心を持ってもいいいんです。

第二に、日本人との商売をすると、必ず二円ずつ余計に儲かると思えば、どんな政変があっても、彼らは日本人シスターを殺さないいんです。それが一種の安全保障です」

援助という仕事から、私たちはここまで深い人生の裏側を学べる。中学生にもそこまで教えないと、せっかくの機会がもったいないのである。

自分の運命を誰かの手に任せてはいけない

災害時の特徴は、あるべきものがすべてなくなることである。指示や命令には必ず混乱と間違った判断がつきまとう。避難してくる人間の数も予測できない。津波の高さ、大規模火災の場合の延焼の範囲、気象条件、何一つ訓練の場合と同様のことが起きてはくれない。

最終的に自分の運命を決めるのは、実は自分の判断しかない場合はきわめて多い。非常事態の混乱の中では、誰も総合的な情報を与えられず、従って正しい判断を下せる立場にいる人も少ない。仮に正しい判断がなされていたとしても、一番先に途絶えるのは情報伝達の機能だから、末端にそれが伝わることも期待できない。

誰からの指示を受けなくても、自分の判断で動き、非常事態を逃れるために自分一人で運命と闘う姿勢を持つことは人間の基本だ。自分の運命を誰の手にも任せてはいけないと教えることも、また一面では必要な教育なのである。

要らない存在はない

人間は不思議なものである。

哲学的、科学的な頭脳の持ち主は、多分私のように直感的な閃きに頼っている人間を許せないだろう。

私は音楽が好きで、オーケストラの定期演奏会の年間会員になっているが、オーケストラは、一人の人間の体の部分的働きを取り出した姿に似ている。

一つの楽器では、交響曲は創れないのだ。弦楽器なら多少メロディはわかるだろうが、打楽器になったら、曲の全貌を見せてくれない。

「驕ってはいけない」

と、私は学生時代に教えられた。

一人の人間は、社会からみると、人体の部分のようである。眼は大切なものだが、眼が感知したものを、神経を使って大脳に伝えなければ何の意味も持たない。脳からみると足の裏などという部分は、何ら重要な働きをしていないようでもある。顔でもないし、手のように薪割り、水汲みなどという作業に直接携わってもいない。

しかし足の裏がなかったら、一人の人間がどこかに移動することもできないから食事も作れない。だから、「眼が足の裏に向かって、お前は要らない……」ということはできないわけだ。

人体のすべてが要るのである。

同様に、一家や一族の中で、「アイツはできそこないだ」と思われているような人でも、要らない存在はない。

事柄はすべて入り組んでいて、その結合によって新しい価値を生み出すのである。

常日頃の過労には怠けることが薬になる

私は、薬は原則、毒だと考えている。化学薬品は本来体に入れない方がいい、と感じているからである。昔はインフルエンザにかかると、必ず医療機関に行って、すぐ抗生物質をもらい、それで治る、と信じていた。

ところが、インフルエンザ・ウイルスに抗生物質は効かない、と知ってからは、卵酒こそ飲まないが、ひたすら温かくして寝ている。常日頃の過労が一番体に悪いのだと知っているから、怠けることこそ薬だと思えるのである。

私は若い時から、体をけっこう酷使して生きて来た。若い作家は世の中に出て間もなくの頃、多作を強いられる時期がある。それに耐えられないと、作家として、自由に創作のテンポを選べるようにならない。

その頃は、今ほど書く速度が上がらないから、旅行に出発する前夜は、それこそ寝ずに書いた。子供も小さく、夫の父母も軒の隣接した家に住んでいたから、私は世間が考えるように机の前にどっかりと座り込んで、時々人に熱いお茶を運ばせながら原稿を書くなどという生活をしたことがなかった。

旅行に出ると、よく寝台車の中で熱を出した。前夜ほとんど眠らずに原稿を書き上げて家を出て、疲れていたからである。

今と違ってファックスやメールなどというものもない時代で、し残した原稿を旅先で書き上げた。原稿は「客車便」だか「列車便」だかというような名前の特定の車両に積んでもらう制度があった。たとえば私が大阪駅で、この「客車便」に原稿を預けると、東京の新聞社なり出版社なりが、東京駅ではなく「汐留《しおどめ》駅」まで、それを取りに行くのである。

世の中には、一瞬たりとも、体に悪いことはしない人もいる。しかし私は、自分の過去を振り返ってみると、無理、無茶、不潔、不養生に耐えて来た、という実績の上に、今日の自分の健康も幸福もあるような気がしてならない。

不衛生な環境では水を飲む適切なタイミングがある

夫は戦争の最後の頃、学徒動員されて二カ月ほど二等兵の生活をした。今の若い人たちは、「どうして三等兵じゃなかったんですか」と聞くが、二等兵が最下位の兵隊の位だったようである。

そして学徒兵はすぐ見習士官に任官するのだが、その間もなく終戦になったから、夫は二等兵のままだった。しかしそのおかげで貴重な体験も知識も得た、と言っている。その一つが、必ずしも清潔という保証のない環境の中での水の飲み方だった。

「食前、食中、食後に水飲むな」

というのが、その教えだった。

「じゃ、いつ飲んだらいいのよ」

と私も初めはその意味がわからなかった。

「食間に飲めばいいのさ」

私たちの日常生活では、まずかけつけビールを一杯という人もいるだろう。近年では、どの国でもビールが一応かなり厳重な衛生設備のもとで作られている。しかし、壜や缶の外側、或いは出されるコップは信頼できない。ストローは、外も内側も埃だらけ、時には虫の巣だ。

素人が教えられた知識では、胃酸というものは非常に強い殺菌効果のあるもので、酸に弱いコレラ菌などを殺すようになっている。私たちが外国では、梅干しを食べ、梅肉エキスを飲んだらいいと言われるのは、この胃酸をさらに助長するものを口にすることだ、という意味だろう。

しかし食事中に水を飲むことは、胃酸の効果を薄めてしまうことになる。途上国では私のようにたくさん食べず、食事を終えて数分経ってからお茶を飲むようにする習慣ができていなければならないはずだが、それでも私自身、あまりの暑さや喉の渇きに耐えかねて、まずオレンジ・ジュースを一杯飲みたいという思いに駆られたことは始終だった。その欲求を抑えることが大切なのである。

食べないことで得られる健康

知識は失敗しないうちに学ぶことも可能な場合があるが、病気の原因を覚えるという作業は、百パーセント体験から学ばねばならなかった。

途上国で下痢をした場合の原則は、しかし単純なものであった。即刻、水分を摂りつつ、断食に入るのである。水は体から出た分だけ飲んでいれば、人間は脱水で死ぬことはない。その場合、ただの清潔な無菌の水だけでなく、必ず塩分も加える。日本人はスポーツ・ドリンクとして知っているものを飲めばいいのである。

そして二十四時間は、決して下痢止めを飲んではならない。体内の菌を始めとして、悪いものを、できるだけ排除することが必要なのである。そして丸一日くらいでお腹を空にしてから、下痢止めが必要なら飲む。その土地で皆が飲んでいる薬は、多くの場合、よく効く。必ずしも、日本の製薬会社の作った薬でなくていいのである。

考えてみれば、単純なことであった。体にとって毒性と考えられるものは一刻も早く排除し、その間に被害を受けた臓器を休ませる。そのためには、少なく食べることが要諦のようであった。

私の母も、私自身も、他人に向かって、

「たくさん食べて体力をおつけなさい」

と気楽に言う。しかし現実には食べないことによって得られる健康も、また実に多いのであった。

人間のおもしろさは、それぞれに偏った人生を承認せざるを得ないところにある

日本には、生活の苦しさで眼の周囲に隈を作っているような女は、あまり出てこない。その隈も、少しばかりの疲れの表現ではない。まるでパンダのような隈に表される、生活苦である。態度も言葉もなげやりである。人間は声にまですさ

み方が出るものだ。体の肉のつき方もどこかくずれた感じになる。お腹も二段腹か三段腹。食べることと、セックスくらいしか楽しみがない、と告白しているような体型だ。

昔はアルコール依存症や結核を病む人も多かった。服は裂ければ縫わないし、ホックやボタンも取れたままだったりする。そして体臭が強く匂うことも多い。つまり不潔なのである。

私がこういう女を現実に初めて見たのは、まだ三十になってまもなく、スペインを旅行した時であった。私たちは典型的な観光客だったから、フラメンコを見せてくれる洞窟のような酒場にも行ったのである。

狭い酒場でフラメンコを踊った女性の一人は、お腹も少し出っ張った中年風だった。いや、年齢は私と同じくらいだったのかもしれないが、彼女がくるくる廻る度に不潔そのもののようなスカートが私の鼻先をかすめた。洗ったことがないという感じのどろどろの衣装である。おまけに腰のあたりの縫い目が破れたまま、ホックもとれたままでそれを安全ピンで留めている。それくらい繕えばいいのに、と若い私はそればかりが気になった。

しかし――こういう女だからいいという男もいるのだ。それと同時に、流されてしか生きていけない男に自分と同じような哀しさを見る女もいる。

人間のおもしろさは、それぞれに偏った人生を承認せざるを得ないところにある。若い時には、のっぴきならない理由などというものが、この世にあるとは考えなかった。理想が現実を引きずって行けると信じていたし、それに該当しないものは、非合理なものとして排除すればいいなどと考えていた。

相手が悪いのでなく、生き方が違うだけのこと

私自身もそうでしたが、若い時は、自分の弱みをうまく見せられないのです。でも今は違います。もうこの世には、どんなことでもあり得ることを知っていますから。

友達をいい人か、悪い人か、に分けているうちはだめなのですね。いい人は多

いのですが、すべてにおいていい人というのもないものです。悪い人もたまにはいますが、ほんとうに悪い人、というのもごく少数です。ただ趣味が合わない人がいて付き合えない場合もありますが、それは、相手が悪いのではなくて、生き方が違うだけのことです。

「負けいくさ」に耐えて人になる

この人間社会の原型は、闘争にある。これは致し方ないことである。生きて行くこと、の中には、お互いがお互いを手助けする部分が、この文明社会では非常に多くなっているが、しかしそれでもなお、まだ闘争の要素が残っていないことはない。私たちは、戦う、ということの辛さと、その後味の悪さにも耐えなければならない。多くの戦いは、負けいくさに決まっている。他人から憎しみを受ければ、誰もいい気分はしない。

それらのことに、しかし私たちは、それぞれに耐えるのである。上手に耐える人もいる。しかし、要するに耐えればいいのである。

ささやかな大事業

妻に対して、あるいは夫に対して、この人と結婚してよかったと思わせることは、多分「ささやかな大事業」である。私は社会的に大きな仕事をしながら、妻には憎まれて生涯を終えた人を少なからず知っているから、なおのことそう思うのかもしれない。たった一人の生涯の伴侶さえ幸福にできなくて、政治も事業もお笑い草だと私は思っている。

謙虚が導く成熟

私は母から、最低限、威張らないことで、みっともない女性にならずにいる方法を習った。威張るという行為は、外界が語りかけて来るさまざまな本音をシャットアウトする行為である。

しかし謙虚に、一人の人として誰とでも付き合うと、誰もが私にとって貴重な知識を教えてくれる。それが私を成熟した大人に導いてくれる。

第5章

運命を選び取る

現実はそれほど悲観的でないから救われる

他者は自分のことなど所詮わかりはしないのだ、という自負を持つことの方が、ずっと大切だ。この絶望から、人間は鍛えられるのであって、生涯自分は孤独な闘いをするほかはないのだ、という覚悟もそこで出来る。

しかし現実はそれほど悲観的でもないものだから私たちは救われているのだし、楽しい青春も過ごせる。私の体験によると、どこかに必ず目をかけてくれる人がいるし、百人が見捨てても、一人や二人、その人の特殊な才能を見出してひいきにしてくれる人もいるものなのだ。

捉え方ひとつで、運命は自分に優しくなる

人生の最後の時に、必要なのは、納得と断念だと私は思っている。

納得するには、日々、人生の帳尻を合わせて、毎日「今日が最後の日でも、まあまあ悪くはなかった」と思う癖をつけることである。それに私は小さなことでも楽しむことが上手だった。中でも自分の才能だと思っているのは、人の美点をユーモラスに見つけだせることであった。

だから、私の生涯には、おもしろくていいことがいっぱいあった。もしも死んでみた後で、あの世がなくても、私は少しもがっかりしない。

なぜなら、私はもうこの世で、神の雛形としか思えない人たちにも会ったし、心を躍らせるような凄まじい自然にも出会った。

私はいつ死んでもいいように準備し続けている最中である。

それと同時に断念もいる。これも、若い時からの訓練が必要だ。努力してはみるが、諦めなければならないことがある、ということに自分を馴らすことである。というか「人生は、いかなる社会形態になろうと、原型としてろくでもない所なのだから、ほとんどの希望は叶わないで当たり前なのだ」と肝に銘じることである。そう思ってみると、運命は私に優しすぎるほど優しかったのである。

人生の深い部分はなかなか知りえない

私たちは情報については、どれほどにも疑い深くならなければならない。私自身、おもしろい噂をさんざん立てられた。自分についての情報がこれくらいデタラメなのだから、他人の噂も同じ程度におかしいのだろうと考えて、私はゴシップを全くといっていいほど信じないことにしている。誰も或る人間がなぜそのように生きたか、なぜそんな死に方をしたのかわかることはできない。

運命を静かに受け止め、一人で何かを決断する

人にその価値を保証してもらわなくても、いいものはいいのである。応援したい人はもちろんすればいいが、常に他者と一緒に感動しようという姿勢が、私には少し気味が悪い。私はいじったことがないが、ネット族が「いいね！」という

サインを送られると、それがたちどころに数万、数十万、数百万の味方を得た気分になるのと同じだろう。大切なのは、自分の心の中で事物の経過を受け止め、一人で判断することである。しかし今はすべてのことの背後に、大衆の認可を得ているという実感か保証が欲しいらしい。

月曜朝のテレビでは、ここ数日の暑さに触れて「そもそもこんな気温はなかったんだよ」とコメンテーターが言っていた。

あってもなくても、その土地の人は、現実に対応して生きてきたのだ。ペルシャ湾岸のあの暑さは日本人の意識の世界にはない。気温は四十度ちょっとでも、湿度が七十％も八十％もあるのだから汗をかいて体温を調節することができない。そのような苛酷な土地に、冷房もない時代から、人間は生きてきたのだ。人は人。自分は自分だ。違って当然だ。運命は一人で決定し受け止めるのが原則だ。静かな沈黙のうちに。

真実から目をそらせば、上っ面の優しさを身に付け、戦争までできる

意図的に鶏をさばく時は、できるだけ避けないで見ることにしていた。それは、逃げないためであった。かわいそう、と言いながら、殺すところは見ないで食べることは平気、という人にならないためであった。この意識の不連続を利用して、人間は思い込みだけの優しい人にもなれるし、戦争もできる。

世界を成り立たせる条件

私たちが苦しむのは、何の理由だろう。もしも、私が、生まれた時以来、ずっと森の中で一人で生きてきたのなら、私は恐らく、裏切りや、憎しみという言葉を知らずに済んだであろう。その代わり、愛や、慕わしさ、という表現も知らなかったろう。飢え、寒さ、疲労、眠さ、恐怖など、動物と同じ程度の感情は分け

持てても、人間しか持ち得ない情緒とは、無縁で暮らさねばならなかったと思う。

世界とは、まさに人間のことなのである。原爆で人間が死に絶えた地上には、「地表」はあるが「世界」はない。そういう光景を「死の世界」などと言うが、そこには本当は死さえないのである。死とは動物の中で自己と他者の区別がつき、時間の経過を記憶できる人間だけが認識する変化である。

この世で信じていいのは、だれしもに訪れる死だけ

私流の表現で言えば、世の中のことは、すべて期待を裏切られるものである。地震の時に持ち出す非常用のカバンを整備したら、いっこうに地震は来ず、カバンの中身を出したら地震が来た、という人もいる。嫁にも行かずずっと同じ家で暮らしてきた娘がいるから、自分の老後はこの娘の世話になろうと思っていたら、思いがけなく娘の方が先に亡くなったりする。世間の悲哀というものは、多かれ少なかれ、そのような形を取る。

しかし死だけは、だれにも確実に、一回ずつ、公平にやって来る。実にこの世で信じていいのは、死だけなのである。

それほど確実な事象なのに、日本の学校では何一つ教育しないのだ。何という無責任なことだろう。だから新しい教育では、たとえわずかな時間でも、死が不可避なこと、死を前提に生の意味合いを考えるべきだということを、教えてもいいはずだ、と私は思ったのである。

死があってこそ、人生の選択に責任が生まれる

若い人々に、常に死のことを考えさせるのは必要なことである。これはできるだけ幼い時からの方がいい。なぜなら、死は極く小さい子供にも残酷に訪れるし、我々のように幸運にも中高年まで生き延びた者にも、死は必ずいつかやって来るからである。それは手厳しい現実であり、深い意味を持つ真実である。だから死について学ばせることに早すぎるという観点はないのである。

私はカトリックの学校に育ったおかげで、まだ幼稚園の時から、毎日「臨終の時」のために祈る癖をつけられた。もちろん当時の私が死をまともに理解していたとは思われない。しかしいつか人間には終わりがある、ということを、私は感じていたのであった。そういう習慣をつけてもらったということは、この上ないぜいたくであったと思う。

死の概念がなかったら、人間は今よりはるかに崇高でなくなるだろう。もし人間が永遠に死ねないものであったなら、人間の悲劇は、これ以上ないまでに大きなものになるし、その弊害はかつて地上になかったほどの地獄のような様相を呈するだろう。その時、生きるすべてのものは精神異常になっているに違いない。

死があってこそ、初めて、我々人間は選択ということの責任を知る。自分がどんな生涯を送るか、自分で決める他はないことを知る。

不都合な人でもある瞬間、私を助けてくれるかもしれない

私たちは、社会で、常に自分にとって不都合な人に出会う。自分の仕事をじゃまし、自分に悪意を持つ人にぶつかる。しかし、それらの人もまた、社会を造る上に役に立っているのだし、もしかすると、ある瞬間から、私の仕事を手伝い、生命の危機からさえ救い出してくれるようになるかもしれないのである。それを見抜けないことが、悲しいことに人間なのである。

年を取っても自分を守るのは自分以外にいないという気概を抱く

私の日常生活は書斎派だが、フィールドに出ると、自分の安全を確保し、命を守るのは、自分より他にないことがわかる。しかし今の日本人の多くは、国家が自分の生命、安全、健康、財産の保全などをしてくれる、と考える。

また周囲にも、「弱者に優しいのが当然」なのだから、すべて守ってくれるだろう、それで当然、というような人もいる。

しかし、私は思う。

国家など信用しない方がいい。役人も教師も、一人一人の個人に目を行きわたらせるほどの閑はない。どんなに弱くても、病気でも、できる限りにおいて、自分の身は自分で守り、自分の問題は自分で解決するという程度の気概を持つことは、最低の条件なのである。

正直者はもともと損を承知で正直をやっている

よく世間では「正直者が損をする」と言うけれど、正直者はもともと損をするのも承知で正直なんです。それをわからないで「正直者が損をする世の中はいけない」と言う人はおかしいわね。正直者は趣味で正直にしているんですよ。人間の偉大な趣味は、損くらい覚悟の上でしょう。私は卑怯者だからダメだけど、偉い人は、時にはその偉大な趣味のために命を賭けることにさえなる。それが、その人の心の証というものです。

人間は死ぬ日まで自分の使える部分を使って自分を生かすのが当然

私の高齢者の知人は、「このごろ百歳以上という人が実に多くなったのよ」という。昔は百歳以上になると、知能的には、もう子供みたいだった。しかし今では頭もしっかりした百歳以上が、その辺をいくらでも歩いている。

学者たちは、百歳以上がたくさん生きる社会を考えて、準備しなかったのだ。中国など、日本より悲惨なことになるだろう。政治的強権をもって一人っ子政策をとって来たのだから、今に夫婦が四人の親を養う時代が来る。

老人の方もこれほど長生きした例を周囲に見たことがなかったので、長寿を学んだり、長寿について自分なりに考えたりする機会がなかった。その点が最近の問題になって浮かび上がりつつある。

とにかく身体的、経済的、心理的に、まだ力はあるのに、自立しようとしない老人が増えすぎたのだ。普段からお茶一ついれたことがない男は、妻が死ぬと自分一人では生きられないから、何か高級な理由をつけて自殺でもする他はない。

いまだに老人には、老後は趣味で遊んでいてもいい、もう何年も働いて来たのだから、そろそろ楽をしてもいい年齢だ、という甘い考えがあるらしい。その上、かつて社会にいた時には組織の重鎮だった人ほど、日常生活の自立は不可能な無能力老人になっている。病院に入れば、できることも自分でしない。入院費を払った以上してもらわないのは損だ、という精神的貧しさも加わっている。日本の現状でそんな人手はどこにもないことが、一流大学出の往年の秀才にも全くわからないのである。

人間は死ぬ日まで、使える部分を使って、自分を自分で生かすのが当然だ。車椅子になっても茶碗は洗える。歩ければ、他人の分まで買い物をしてあげられる。耳は遠くなっても料理はでき、視力をなくしても洗濯はできる。食べること、排泄すること、着替えなどの身の回りに必要なことを、何とか自分なりに工夫してこそ人間だ。

焦りも無理もない。それ以外の人間の生き方はない

私の学校には戦前から既にこういう帰国子女がいたが、その学力を羨むことはあっても、帰国子女いじめなどした記憶はない。でも私はこの陽子に「心理的被害を受けた」と言って笑っている。英語の時間に陽子がイギリス人の先生と喋っているのを聞くと、それまで年の割には英語の学力があることになっていた私は、完全に自信を失った。どんなに勉強したって、彼女のような「英語使い」にはなれないと思うと、ほんとうにその時からまともに英語を学ぶのを諦めたのである。

陽子は学校を出ると修道院に入った。シンガポールでは私立学校の校長になり、アラスカではアルコール依存症患者たちの世話をしていたが、最近はカナダのカルガリー教区で、まだフルタイムで働いている。

彼女は日本に帰ってくる度に必ず私の家に寄ってくれた。渋谷に連れて行くと

人混みに眼を丸くし、切符の自動販売機の前では扱い方を知らず、「まあ、どうしましょう」と英語で呟いた。私はまだ彼女に会う度に、私が英語を学ぶ気力をなくしたのはあなたのせいだ、と嫌みを言い続けた。

私は今でも彼女に私の本を送る。今回の手紙は、その本のお礼であった。

彼女の言葉は母語である英語で書かれているが、その英語は私が受け取る外国語の手紙の中で、もっとも平易で端正な名文であった。私たちはお互いに自分が楽な言葉で話し合って、意思の疎通に不便を感じたことはなかった。これが言語的に理想に近い幸福な状態というものだろう。

「今年の冬は厳しい寒さでした。マイナス四十五度の中で私は出勤し、四月二十三日の今日でも、道にはあちこちに雪が積み上げられています。でも自然の摂理はついに春を送ってくれました。朝は二度でしたが、気象予報士《ウエザーマン》は午後には十度に上がるだろうと言っています。

この夏、私は日本に帰る計画をしていません。今や私の家族はすべて亡くなって、生き残っているのは、私一人になりました。もちろん日本の修道院のシスターたちも私を温かく迎えてくれるのですが、日本はあまりに遠く、お金もかかります。幸いなことにここカナダにも、私をほんとうの家族のようにしてくれるシスターたちがいます。

私たちがまた会える日まで、大切にしていてください」

私たちが会うのではない。神が用意した私たちの運命の小道が、私たちを会わせるように交差する日まで、と彼女は言ったのだ。焦りも無理もない。それ以外の人間の生き方はない、と彼女は知っているのだ。だから彼女の日々は、無理なく輝いている。

幻覚の中で最後の願いが叶えられた老女

ある時、老いた母が死の床にいた。息子はもう長い年月、会いにも来なければ、電話一本かけてこない。こういう不思議な子供が、最近の世間にはうんと増えている。

老母は死ぬまでに、一度でもいいから、息子が会いに来てくれることを願っている。今までのことをなじる気持ちなどさらさらない。もし会えれば「元気だったの？」と尋ね、「仕事はうまくいっている？」と気にかけ、孫のことを「今度何年生になったんだっけ。お勉強は何が好きなの？」と聞こうと思っている。小遣いを入れた封筒も渡してやりたい。しかし息子は、そうした老女の最後の願いを叶えてやる気配はなかった。

そんな話は、世間の至る所にある。私たちは誰でも、思いを残して死ぬのである。こちらが愛し続けていたなら相手のことはどうでもいい。こちらが憎むようになったらそのほうが悲惨だ。

しかし最後の数日に、思いもかけない救いが現れる。病人の幻覚の中で、冷酷な息子が会いに来たのだ。孫を連れて……。その人の娘が、私に打ち明けてくれた話だ。これこそ幻の「断層現象」なのである。

「兄が母の見舞いになど来るはずはないんです。私たちは兄の正確な住所さえ知らないんですから。でも母は兄が会いに来てくれた、と言い張って亡くなりました」

親に冷たかった兄は、娘にとってはいまいましい存在なのだ。それなのに母が精神的な錯乱状態の中で、兄をいい息子だと思って死んで行ったことが許せないのだろう。

しかしそれでいいのだ、とこのごろ私は思うようになった。その錯覚こそ、私流に言うと神さま仏さまの贈り物なのだ。

他人や周囲への意識が薄れたら要注意

長寿社会になると、年を取っても元気でいたいと願う人が増えるのも当然なのだが、実は私の性格としては、自然の変化に逆らうことはないと考えて暮らしてきた。私は「頑張る」ということがあまり好きではなくて、その年なりに生きればいいと思うのだが、認知症の徴候は、事前にかなりはっきりと現れるものだということを、この頃時々感じるようになった。

よく知っている人の名前、地名などがすぐ出てこない、前日の昼ご飯に食べたものを思い出せないというのは、それよりさらに早くから出てくる兆しで、私も人並みに体験しているが、その他にも典型的な予兆のようなものがいくつかあって、それはどの人にも同様に出てくる症状のようである。

一つは寡黙になることである。会議の席でも何も発言せず、食事の時にも黙々と食べるだけになる。人間が家具みたいになるのだ。これは子供の時から、「食事の時には、分際《ぶんざい》を考えながらちゃんとお話をしなければいけません」というしつけをしない日本社会の弊害の結果でもあるかもしれない。しかしとにかく人間は、喋りたくない時でも、義務として少しは会話をしなければいけないと私は自分に命じている。

老化の兆しは、周囲や他人の存在の意識が希薄になることらしい。その結果、不思議な利己主義が発生する。エスカレーターを出て数歩のところで人の動きを平気で邪魔しながら、立ち止まって考えている。自分が買い物するとき、売り場の前に漠然と立って、背後で商品を見たいと思って待っている人の気配など、全く感じないような鈍感な人になる。男女にかかわらずこの周囲無視の弊害は発生する。耳が遠くなって、気配というものが感じられなくなるのかもしれない。

スピーチが長くなる、という病状も発生する。大体、周囲の人を立たせたままで自分の話を聞かせてもいいのは、普通は三分、せいぜいで五分までである。しかし私は何度か、演壇の上で小一時間も大演説をした作家や大学教授の姿を見たことがある。当時は私自身が若かったので立っていることも辛くはなかったが、今にして思うと、あれは明らかな頭の老化の始まりだった。

最近もう一つ気がついたのは、過去の自分の書いたもの、経歴や業績、著名人からもらった手紙、最近の奉仕的活動のパンフレットなどのコピーを、束にして送りつけることである。つまり他人は「私」のことなどそんなに興味がないのだ、という意識のブレーキが壊れてしまっている。

これらの徴候はすべて善意の表れなのだから、優しく放置しておいてもいいのだが、これだけ高齢人口が増えると、若い人たちはとうていゆっくりと相手をしてもいられない。それを考えて、周囲はこうした状況が見えたら、注意をした方がいいのかもしれない、と最近思うようになった。

老人が言葉少なになっていくのも危険のサイン

会話は、老化を測る一つの目安だ。会話は自分の中に一つの生き方があることを認識し、相手は相手で、また別の世界に生きていることを意識している時に可能なのである。しかし老化は、自分の生きている場の自覚を失わせ、相手の生きる姿に興味を失わせる。

だから、老人が言葉少なになったら、一つの危険の徴候である。

そのためには、若いうちから、会話のできる人になっておかねばならない。会話は別に高級な内容でなくてもいい。ただ人間はふれ合う時に、その接点に熱を帯び、すべての精神のなめらかさが溢れ出るものなのだ。

老人になって世間に報いられるある一つのこと

老人ホームに行くと、「苦虫を噛み潰したような」おばあさんがよくいるが、それは彼女がすでに人生に対する求愛の情熱を失っていて、お化粧もしなければ、少し目新しいシャツを着ようという気もなくなったからだ、というばかりではないだろう。

そのような老人は、つまり、常にどこか肉体的な不調があって、それに耐えるのに精一杯だからなのだろうと思われる。

しかし、老人になってたった一つ世間に報いられることは、せめて機嫌のいいおじいさん、おばあさんでいることなのだ。そうすれば、社会も老人たちの生活を維持することに、それなりの興味や情熱を持ってくれる。

老いると自然と塩分が足りなくなることがある

老人の食欲が落ちて食事を摂らなくなり、アイスクリームと紅茶、桃の缶詰くらいしか口にしなくなると、気がつかないうちに塩分が足りなくなって、やがて吐き気がしてくることがある。

私の場合は、アフリカの暑い土地で暮らしていると、時々そういう状態になった。人間、水を飲まねばならないということは知っている。私もそうだった。疲労と暑さの中で、水ばかり飲んでいたら、食欲は全くなくなり、やがて吐き気がしてきた。熱が出たこともある。そのうちにふと思いついて、そうだ、朝から、果物とジュースくらいしか摂っていなかった、と自覚した。それで塩昆布の一片のようなおつまみを口に入れる。すると数分で吐き気はおさまるのである。

献身的な看護人とは見られたくなかった……

夫の三浦朱門は二〇一七年二月三日の夜明けに亡くなった。

私はそれ以前の一年一カ月、夫の看病を優先し、最後の八日間は病院で看取った。

一年一カ月の間、私は自分の心の健康を保つために必要と思われる程度に遊んだが、外に出る仕事をほとんど断ってしまった。実は自分の性格が、こんなに外へ出るのが嫌いとは思っていなかった面もある。

元々、私は「何々一筋」という姿勢が好きではなかった。「いい加減」「不純」が好きなのである。何とかやっている、という感じがいいのだ。だから私は、夫のために献身的な看護人になったという見かけや自覚をむしろ警戒していた。それは私らしくないし、看護される相手に、心理的重圧を掛けることにもなりかねない。

感染症にかからない人の理由

マラリアは、防ぐことができる、と言う人にもよく出会った。アフリカに長く住む人は、或る日、二階へ上がる階段が、何となく億劫になることがあるという。それがマラリアの前兆だという。

しかしその段階で、仕事を休んで充分に休息をとれば、マラリアは発症しない、と言い切った人もいた。

その人は医師ではないから、彼のこういう言い方が正しいと言えるのかどうか私にはわからないけれど、エボラ出血熱のような死亡率が五十パーセントを超える危険な感染症が爆発的に起きた場合でも、同じような感染の危険に遭いながら、病気が出る人と出ない人がいるし、それで死ぬ人とどうにか死ななかった人とが出る不思議については、多くの医療関係者もそれぞれの思いを語っている。その中に、免疫力の違いがあるでしょうねえ、と言った人もいるのである。

人間は、そもそも土の上に座って生きる動物である

清潔を極度に重んじる性格の母に育てられたのに、いつの間にか、そういう暮らしは病的だ、と思うようにもなっていた。戦争中は、化粧石鹸も洗濯石鹸も不足していたので、私はこれ幸いと、清潔を重んじる暮らしを止めることにした。つまり食事前に必ず手を洗うなどという習慣を止めたのである。

食料も不足していたので、当時は誰もが庭先の「猫の額」ほどの土地をたがやして、そこにダイコンだのコマツナだのの種を蒔いたのだが、そうした畑仕事をすれば、当然手は土で汚れる。私は自分が土を汚いと思い、すぐ手を洗う欲求を覚えることを自覚し、少し恥ずかしく感じた。

人間は、そもそもは土の上に座って生きる動物なのである。ご飯を食べるのも、眠るのも、原則は土の上だ。それなのに、土を汚いと思う自分が、私は恥ずかしかった。

人が避けたがる体験を意識的に増やしてきた

私は一人っ子で、母は私を産んだ時、三十三歳であった。年のせいで当時の母には、もし私を死なせたら、もう子供は授からないだろうと思う強迫観念があって、過保護に育てたという。食事の前には必ず手を洗い、ピクニックでは持っていたリンゴの皮を剝く前に、アルコール綿で消毒したりした。だから私は外部から雑菌を受けるという鍛えられ方をしないまま、惰弱《だじゃく》に育ったと思われる。

これは確かに致し方のない経過によるのだが、私はもう老年にさしかかってから、シェーグレン症候群という一種の膠原《こうげん》病を発症したことはすでに書いた。

この病気が私に出たのは、しかるべき時期に（恐らく満七歳くらいまでの子供の時に）あまりにも清潔な生活をしたので、その時期にできるべき免疫性が完成しなかったからという説もある。

普通ならその年齢に、多くの子供は兄弟と共に、生存競争の下に育つ。落ちたお菓子を奪い合って食べたりすることで、雑菌も適当に体に取り入れ、必要な免疫力もできる。これが望ましい経過なのだが、私のような一人っ子は親の目が届き過ぎるために、雑菌を体内に取り入れられる不潔に出合う機会がない。そのために、できるべき免疫性ができないまま成長して、こんな年になって不調が出るというのが、その説明のようである。

私はこのハンディキャップを人生の途中からうすうす気がついていて、遅まきながら取り戻そうとした。と言いたいところだが、そんなに明確な意識の下に暮らしたわけではない。

しかし私は大人になってから、無意識のうちにこの人生体験上の遅れを取り戻そうとはしたのである。「もう遅いよ」という言葉もどこかから聞こえて来そうだが、それでも私は生活の一部で方向転換をした。

私は意識的に、人が避けたがる体験を増やすようになったのである。

夫亡き後、二匹の猫のおかげで日常生活に戻れた

最近私は、いろいろな経緯から、二匹の猫を飼うことになった。どちらもスコティッシュフォールドという種類なのだそうだが、雄の「直助」はごく普通の「お稲荷さん」色の毛だ。雌の「雪」は白い長毛だが、ところどころに薄茶や薄汚れた雪のような泥色の毛も交じっている。どちらも猫の美男・美女コンクールには向かない庶民的器量である。

しかし、いつの間にか――と言ってもほんの半年ほどの間に――私はこのどこかに雑種の血の混ざった猫たちこそ、我が家の家族と思うようになった。猫の親バカになっていたのである。猫の本能は大体似たようなものだろうと理解してはいるのだが、それでも夜、姿が見えなくなって捜し回ると、私の仕事用の椅子の上に得意げに座っていたりする。

「お母さん（私はいつの間にか猫のお母さんになっていた）は、そんなに勤勉じ

ゃないから夜は仕事をしないの。覚えておきなさい」などと言いながら、私の生活のリズムをよくここまで覚えたものだ、と思う。

この地球上の「人口」は七十数億、「猫口」は二億四百万という話を読んだことがあるし、今は猫のブームだというから、もっと多いのかもしれない。少なくとも、三十人に一匹がいることになる。

別に深く意図したことではないが、夫がいなくなった後の私の暮らしの中に、自然に二匹の猫が入って来たのだ。私は夫の死後、暫くの間疲れ切って、毎日寝てばかりいた。朝起きるのも面倒であった。しかしそれでも私が窓を開け、新鮮な風を入れ、日常の生活に戻れたのは、二匹の猫がいたおかげだった。

餌をやり、飲み水を取り換える。彼らの健康のために、それらのことは待ったなしだった。家の掃除は少しくらいサボれる。しかし猫に水と餌をやることは生命に関わっている。猫たちによって、私は生活のリズムを与えられたのだ。

歳月をかけて夫も妻も見慣れた家具のようになる

しかし、夫婦は次第に変質する。きれいな表現ができるといいのだが、私の才能ではつまらない言い方しかできない。つまり、夫も妻も少しずつ見慣れた家具のようになるのである。

家具というものは、そこにあることを毎日毎日意識することはない。しかし或る日、急にそれが運び出されると、後がぽっかりと空虚な感じになる。

昔の畳の部屋はことにそのことをはっきりと物語ったものである。家具が運び出された後の畳はくっきりと白くて落ちつきの悪いものだった。もっとも西洋風の家だって、額を取り外すと、壁の色がそこだけ元のまま残っているから、他の絵をかけてもごまかせない時がある。

「人は皆、思いを残して死ぬ」という真理

それは「人間は皆、思いを残して死ぬのだ」という真理であった。自分の生活のすべて犠牲にして、他人のために、一生を生きた方にしてさえ、教え子たちに、その真意をわからせることはできなかったのだ。

私は心の中で、大好きだったその方にその場で小さな約束をした。それは、その方の一生に照らしてみても、私は今後自分が他人から正当に理解されないような場合にも決して嘆くまい、ということであった。恩師は亡くなられてから後まででも、私にこのことを諭して行って下さったようであった。

誰もが「思いを残して死ぬのだ」と考えた時、私は改めて少し気が楽になったのである。

第6章

一歩踏み出すその先に

人間の生涯は早く完成すれば、手持ち無沙汰になってしまう

徳こそは人間を完全に生かす力になる。

すなわち、「思慮分別は理性そのものを、正しさは意志を、中庸は魂の欲情的部分を、勇気は魂の怒りの感情を、完成させる」のだという。

思えば人間の生涯は、そんなに生半可な考えで完成するものではないのだろう。時間もかけ、心も労力もかけて、少しずつ完成する。当然のことだが、完成は中年以後にやっとやって来る。

そのからくりを、私は感謝したい。完成が遅く来るのは、人生が「生きるに価するものだった」と人が言えるように、その過程を緩やかに味わうことができるようにするためであろう。早く完成すれば、死ぬまでが手持ち無沙汰になってしまう。そんな運命の配慮を、私は中年以後まで全く気がつかなかったのである。

無知な私の存在は人に優越感と笑いを与えることで、幸福の種を蒔いている

学生時代から、私は知的な人になりたいと思い続けて来ました。というのも、世の中には物知りがたくさんいて、私が何かトンマな質問をすると、同級生からでもそんなことも知らないのかという感じで、うっすらと笑われたりした経験がよくあったからです。

若い時は、そんなことにも少しは傷ついたものです。しかし途中から——というのは四十代くらいから——まったく気にならなくなりました。

第一の理由は、自分のほうがそこにいる人より知らないことがある、という事実は、自分のほうが教えてもらってトクをしている、という証拠ですから。

第二の理由は、他人はその場に自分より愚かな者がいるという時、少し幸せになることもあるのです。優越感もありましょう。教える楽しみ、というものを持っている親切な人もたくさんおられます。ですから、無知な私の存在はささやか

な幸福の種を蒔いていることになるのです。

差別語だと言ってすぐ怒る人もいますが、トンマ、マヌケ、グズ、などという特徴は、愛すべき要素を充分に持っています。少なくとも神様は、こういう特徴を持つ人を、充分に、秀才と同じにか、時には秀才に対するよりも愛してくださるでしょう。トンマやマヌケやグズがいなかったら、あるいは私たちの中にその要素がもしまったくないとしたら、世間には笑いの種もなくなり、かさかさに乾いた理詰めの世界が広がるだけになります。

「正しい者」は一人もいない

聖書の中には、しばしば「小さい者」という表現があり、その存在はほとんど神と同一視されている。「小さい者」というのは、権力、財産、学歴、健康、社会的支援者などと無縁な人をいう。

一例をあげれば「マタイによる福音書」(25・40)には次のような箇所がある。

「私の兄弟であるこの最も小さい者の一人にしたのは、私にしてくれたことなのである」。相手が世間的に偉い人だから、オリンピックで金メダルをとった人だから、息子の就職のときお世話になりそうな人だから、というような理由で、よくするのではない。どのような人であろうと、その人が飢えているならパンの一切れを与え、寒さに震えているなら一夜の宿を貸す。神はそれらの貧しく弱っている人の中にいるのだ。従って神はどこにいるかと言われれば、心臓の中でもなく、天上でもなく、今「あなたが相対している人の中に」いることになる。

これはいささか都合の悪いことだった。私は自分が人並みというか、平均値的な信条の持ち主だろうと思う癖があるから、時には性格の違う相手に反感を覚えたり、イジワルをしたいと思うこともあった。そういう場合、私が大いに困るのは、私がいじめようとしている人の中に神がいると教えられてしまったことだった。これは正直なところ実に不便な認識であった。誰でも私がいじめようとする相手の中に、神がいるというのだから、私は神に対して仕返しをする覚悟が必要になる。

聖書はまた、「ローマ信徒への手紙」（3・10）で言っている。「正しい者はいない。一人もいない」

とすると、私たち誰もが「小さな者」なのだ。

かならず誰かに好かれ、誰かに嫌われている

人間の中には、必ず排他的な心理がある。人はかならず誰かに好かれ、誰かに嫌われている。それをいちいち気にする必要はあまりないように思う。嫌われている人の心はあまり乱さないほうがいいからそれとなく遠ざかり、自分と気が合うと言ってくれる人と感謝して付き合う。それが自然ではないかと思う。嫌う相手に好きになれ、と強制するほうが私は惨めで浅ましくていやだ。

自分と同じであることを人に強要しない

嫌われていい、と居直るわけでもないし、理解されるように努めるのは、半分義務だと思うこともあるが、世の中にはどうにも仕方がないことだってよくある。人に嫌われるのもその一つである。人に嫌われたら、うなだれているほかはない。もしそれが失策だったら謝り、直すこともできるが、思想的な選択の結果だったら、「ごめんなさい。あなたの言うとおりにします」とも言えない。自分であることを捨てることになるからである。

自分ができないことは、人にも要求しないことだろう。人は違ったまま、ただ基本的な問題についてだけ、助け合うことだ。命を守ること、とか、病気を治すこと、とか、子供に読み書きを教えること、とかそういう基本について働くことは、相当に意見の違った人とでもできる。

友であってもほんとうに相手を知っていないと思うことが基本

友情に関しても、自分がまだ相手をほんとうに知ってはいないと思うこと。これが友情の基本だという気がします。どんな親しい友人であれ、自分はあの人を知っていると思うことじたいが恐ろしいことですし、非礼でもあるのです。

悪口の対象とされる女のおしゃべりも悪くない

昔、或る画家のお宅に、数日だが絵を描いて頂くために行っていたことがあった。奥さまは華やかな方で、画商やお客さまが現れると、急に頭のてっぺんから出るような華やかな声を出して、ひっきりなしに喋っているのが、家の奥の方からも聞こえて来るのである。悪く言えば、それはいかにも社交的で、内助の功というより外助の功のありそうな方、という感じになるが、私はよく悪口の対象とされる女のおしゃべりというものは、悪くないものだな、とその時初めて感じたのであった。それはよく囀《さえず》るカナリアかウグイスに似ていた。いつもその音に慣れてしまうと、小鳥がいないと寂しくなるのである。

事実、数日後に先生のお宅に行くと、家の中は静かで「火が消えた」ようであった。奥さまはお留守だった。

「先生、今日はお寂しいですね」

と言うと、先生は、

「あれはお喋りで、煩《うるさ》くて嫌になっちゃう」

と言われた。しかし私は、奥さまのおしゃべりがこの家の穏やかさの象徴だと考えていたし、もし何かのことで、そのおしゃべりが途絶える日があったら、それは恐怖だと感じていた。

人に対する恨みを書き記したものは残さないこと

私は昔、或る親子を知っていた。正直なところ、息子はまともで、親の方がおかしな人たちだったと思っている。しかし当時は戦争や病気などの影響を受けた弱い人たちが、幸福になるのが難しかった混乱期でもあった。

それでもその親たちは、世界的世間レベルからみると決して不幸ではなかった。夫婦は清潔な老人ホームに入れてもらって、きちんと食事を与えられ、時々訪ねて来る息子夫婦から普段着や寝巻の差し入れも受け、ホームで働く職員さんに感謝のお菓子を届けてもらってもいた。

この老夫婦の気の毒なことは、二人共喘息《ぜんそく》の持病があったことだ。喘息は何もできないという正当な理由でもあり、その人の性格によっては働かない口実にもなる。彼らは善良ではあったが弱い人たちだった。自分たちの生涯があまり成功しなかったことについて、彼らはすべての原因を、親や兄弟や他人や社会のせいにした。

晩年に、その老父は老人ホームでずっと日記を書き続けていたらしい。日記を書くことによって、自分を客観視することができるようになれば、それはすばらしいことだったのだが、息子という人が、一回だけちょっと覗いたところによると、その日記は、主に他人の悪口だけを記録したものだった。毎日毎日誰がこんなひどいことをした、誰がこんなこともしてくれなかった、という恨みつらみの羅列だったと言う。

こういう依存型・不満型の精神の人は、ほんとうは弱い人のように見えるが、実はそうとも言えないように私は思う。その老父は、自分の意にそぐわない人をことごとく綿密に記録することで、神や仏、世間までを動員して断罪し、死後もずっと心理的に罰しようと企んだのだと思う。

この夫婦はまず老母が亡くなり、しばらくして日記を書いていた老父が死んだ。私は老母の時はお葬式にも出席できなかったが、老父の時には参列した。いよいよ皆が最後のお別れをしてお棺の蓋が閉められる時、会葬者は菊の花を入れたが、息子は数冊のノートと万年筆と眼鏡を入れるのが見えた。

葬儀社の人の手でお棺の蓋が閉められている間に、私は偶然傍に立っていた息子に小さな声で尋ねた。

「あれは……」

「いつかお話しした父のノートです」

「燃してしまっていいの？」

息子の眼には、もうそのことについて考え尽くしたという静かな表情があった。

「不平不満の記録を残しても、父としては恥ずかしく思うかもしれませんし」

そんなことがあるわけはなかったが、私はそこに息子の一つの愛情を感じた。

「僕も弱い人間ですから、父が僕を呪っていたなどと知ると、また父に対する恨みも抱きかねません。しかしこうして読まないで終われば、僕も多分、父の一番いいところだけを思い出に取っておくんじゃないかと思うんです」

彼はそう言ってから付け加えた。

「それに、人に対する恨みであろうとなかろうと、書くということは父のたった一つの趣味だったんですから、あのノートに父はこれからも書き続けるのがいいんじゃないかと思います」

人に対する恨みなど、書き残して死のうなどとはゆめ思わないことである。

人間は本来、ルールに収まらない優しさ、恐ろしさ、面白さを抱えた存在である

多くの人は凡庸で、神でもなければ悪魔でもありませんから、完全な善人も、完全な悪人もいない。善悪九九パーセントから一パーセントの、いわば極限の間にいて、一〇〇パーセントの善人にも悪人にもなれないのが人間です。pHなら、7という値を境にアルカリ性と酸性を分けるのは理系的な感覚ではあっても、人間というものは善悪はっきり分けられませんからね。ルールの中には収まらない優しさ、恐ろしさ、面白さを抱えた存在であることを見きわめる感受性と勇気が必要です。

人生のあらゆる要素が、どちらも要るものだと私は思います。希望も要るし、

絶望もいる。孤独だけでもへたばるから、時には大勢でお酒を飲んでいい気分になる時もいるでしょう。両面があって両方とも要る、ということです。

教会は、人が洗礼を受けたその日にもう悪いことをするだろうと見抜いている

よくキリスト教徒になると、何も悪いことをしないわけだから、人を厳しく裁くのでしょうね、という人がいる。しかしイエスはほんとうの裁きは神に委ねることを命じる。さらにキリスト教徒になるのは、人間観察をやり続けていれば、性善説の方がむしろ不自然で人間性に到達できない、ということを悟るからであろう。キリスト教は人間が放っておけば、悪い方に傾きがちなことを、よくよく知っているのである。

洗礼を受けると、それまでの罪が許されるということになっている。便利なことだ。それで洗礼の前夜に「今夜のうちに悪いことをしておかなきゃね」などという冗談が言い交わされることがある。そしてまた死の直前に洗礼を受ける人に

対しては、愛情をこめて「天国泥棒」などという表現が使われることもある。

洗礼を受ける直前に、告解《こっかい》の仕方というものを習う。告解というのは、司祭に罪の告白をすることである。洗礼を受けて罪が許され、その後もキリスト教徒だからずっと悪いことをしないでいられるのなら、何も告解の仕方など教えてもらわなくてもいいはずだ。しかし教会は、人間は弱いものだから、洗礼を受けたその日にももう悪いことをするだろうということをちゃんと見抜いているのである。

人は放っておけば悪に傾く性向を持っている

今でもこの信仰と美学のために、時々他人のために進んで自分の命を捧げる人が現れる。それほどの偉大な善さえも人間はできるという可能性を認めた上での「性悪説」なのである。

これに対して昔から、日本人の多くは性善説であった。性善説を取る方が、自分をいい人に見せられるからだったのか。警察や自衛隊の中にも性善説の人がいるので、驚いたことがある。こういう人たちは職業を間違ったのだと思う。「悪い人ができたら、更生するのを信じてあげればいいじゃないの」などとしたり顔で言われるが、信じれば皆更生するなら、こんな楽な話はない。人は（もちろん私も）放っておけば悪に傾く性向を持っているはずだから、その上に立って、どうしたらできる限りいい人になれるかを考えてこそ、初めて更生を可能にできるのである。この「策略」がなければ、自衛官も警察官も務まらない。

浅ましいほど利己的である例

そもそも人間は自分の犯した罪に対して非常に繊細であることが望ましいはずだが、最近の多くの日本人は、それと全く反対の感覚を持っている。「何でそんなに罪に対して意識的になる必要があるんですか。いちいち罪だと感じていたら損じゃないですか」という言い方をする人もいる。人間が自分の損得に関して、浅ましいほど利己的なものであることを示す、いい例である。

「目立ちたくない」の底にある心理

配慮があるということは、いつでもどこでも必要なことだ。しかしお茶席の着物が地味であることが、他人から非難されないためだとしたら、むしろこんな貧しいことはない。そして日本人の心情、無難な生き方を求める姿勢の中に、目立たないという条件があることをこの頃、私は感じるようになった。目立たない、ということは、称賛も受けにくいが、つまり非難される要素だけは取り除くという守りの姿勢である。今の日本人には、この卑怯な姿勢がいたるところに見える。

日本の中心には「徳の心」が存在しなくなった

日本には、有徳の士がいません。厳しい現実に目を向ける覚悟や勇気のある人がいませんね。ギリシャ語では、徳は勇気と同じ「アレテー」という言葉で表されます。この言葉はたくさんの意味を持っていて、第一の意味は「卓越」、その次が「男らしさ」、それから「徳」「奉仕」「貢献」「勇気」。これら全てを含んだ概念を、古代ギリシャ人は「アレテー」と名づけました。

日本の中心、特に霞が関などには、この「アレテー」を持たない人々ばかり大勢います。徳がない、勇気がない、男らしさもない、卓越もしていないけれど、していると思いこんでいる。どうしたらできるかではなくて、できない理由を説明することにばかり優れた人々です。

また、徳のない経済活動は、一時は成功しても決して長続きしません。中国経済はいつか必ず失速するでしょう。経済力に徳がついてくるのではなく、その逆に、徳に経済力が伴ってくるものだからです。

日本でも中国と同様に徳というものが忘れ去られつつありますが、その中で最近増えているように思うのが、「いいこと」をしようと躍起《やっき》になる人です。

愛はむごくて脆い。ゆえに尊い

愛というものが完成された穏やかなものだと、私はどうしても信じることができない。愛は愛するに到るまでに、多くの場合、血みどろの醜さを体験しており、そして又いったんそこへ到達したとしても、いつ瓦解するか分からぬ脆さを持っている。それゆえに愛は尊いのである。

世の影に眩いばかりの光がさしこむとき

おもしろいことに、信仰を持つようになると、失敗した人生というものがなくなるのである。それは何をしても失敗しないということではない。或る人間の生き方が、常に神の存在と結ばれて考えられていれば、かりにいささかの挫折はあっても、どのような人生にも意味を見出すことができる。その代わりありきたりのこの世の光は光でなくなり、この世の影にも、眩いばかりの光がさしこむ。何がこの世の光栄かということに対する価値はひそかに逆転する。これはいかなる政治家、心理学者、劇作家もなし得ない逆転劇であり、解放である。

不格好にありのままを生きていく

「文学をやる」などということは、グウタラな、社会の落伍者のすることであった。そして、実は、今もまさにその通りなのである。どこの国に、偉大な道徳的な文学者などいるであろう。そんな人はいもしないし、又、文学者の資質として必要でもない。

文学は人間の弱き部分をも見つめることである。その理解者になることである。殺人者の心をも我がことのようにわかることである。

文学をする態度はそもそも不精なものだ。それは孤独だし、偏狭であり、もろ過ぎる。それは不遜であると同時にたえず自分を認めようとしない。泣くと同時に笑おうとしている。本音と絢爛《けんらん》たる虚構がいりまじる。そんな分裂的な人間がどうして信頼するに足る人物か。

殺人を心の中でするだけなら異常ではない

私は作家として、個人的な恨みで殺人をするということに関しては（実行することがいいというのではなく）時々心から理解できると思うことがある。ドストエフスキーもカミュもモーリヤックも、その恨みを書き、それは人間の心を描く名作として、社会から拒否されるなどということは全くなかった。

ごく普通の人間でも、人間は煮えくり返るような思いで自分に危害を加えた相手に対して、復讐の計画を心の中ですることがあっても、それだけなら異常なことではない。

おもしろ味の全くない仕事を見つけるのは難しい

正直なところ、およそ仕事と名のつくもので、初めから終わりまで楽しいというものなどどこの世に無いのではなかろうか。しかしそれと同様に、おもしろさの全く無いという仕事も、これまた探すと珍しいのである。

仕事は第一日目ほど辛い。しだいにおもしろくなり、飽きも来る。迷いも来るが、おもしろ味も増して来る。そんなものである。もし或る人が、その仕事に何一つとしておもしろ味を感じられないということであったら、それは仕事も悪いのかもしれないが、その人の性格がその仕事に向いていないのである。

会社や組織に心を傾けすぎると悪女の深情けになる

会社や組織は深く愛さないほうがいい。愛し始めると、人はものが見えなくなります。執着して悪女の深情けになる。私の実感では、愛しすぎると、余計な人事に口を出したり、辞めた後も影響力を持ちたがったり、人に迷惑をかけるようなことをしがちです。

まずは身近な人を助ければいい

人間の行為の結果には初めから限度がある。人は身近な人からできるだけ助けていき、肉体的にも経済的にも限度まで働けば、それ以上できなかったことを悩むことはない。全部を助けられないのを理由に、助けられる一人を助けないことはない。そう教わっていたのである。

未来の大きな目標より、今日一日の小さな目標を

私が日々の暮らしの中で、午前中の目標、今日一日の目標というふうに、きわ

めて小刻みな計画を立てていたのも、自分を救うためであった。長い先の大きな目標を立てると、必ず途中で大きく狂う。私はその運命の残酷さのようなものをかなり本気で予測していたのだ。

人生というのは、思い通りにならないものだ、ならなくて当然だ、そんなものだ、という感じであった。それでも人間には小さな幸福というものが与えられている。こんな時に食べ物の話など持ち出すとおかしいのだが、夏休みの暑い盛りにスイカやアイスクリームを食べることができただけで子供は満足する。そんなようなものさえあればいいのである。

結果でなく過程を生きる

私は過程に生きている。だから過程に死ぬだろう。過程に学び、過程に迷い、過程に愛し、過程に見苦しく振る舞うのが、人間の生きる自然の姿なのだと思う。

退屈は人を人間らしくする

瞑想とか沈黙とかは、人間をその人らしくする。そこには一種の退屈があるからである。

常に答えを出してくれるもの

答えを出すのは、人間ではなく、常に時間である。

満ち足りた一生をつくる

人間の生涯はそのような何気ない日々の連続である。だから、特に勇敢なことも、知性において名をあげるようなことも、何もしなくてもいいのである。ただ、その人として限度いっぱいに生きたことを示せば、それでその人は充実した一日を暮らしたことになる。そして満ち足りた一生というものは、そうした充実した人生の日々の積み重ねのことを言うのであろう。

出典著作一覧（順不同）

・『私の危険な本音』（青志社）
・『人は怖くて嘘をつく』（産経新聞社／扶桑社）
・『人間にとって病いとは何か』（幻冬舎新書）
・『中年以後』（光文社）
・『女も好きなことをして死ねばいい』（青萠堂）
・『あとは野となれ』（朝日新聞出版）
・『安心したがる人々』（小学館）
・『親子、別あり』（ＰＨＰ研究所）
・『死ぬのもたいへんだ』（青志社）
・『老いを生きる覚悟』（海竜社）
・『不運を幸運に変える力』（河出書房新社）
・『悲しくて明るい場所』（光文社文庫）
・『神さま、それをお望みですか』（文春文庫）
・『思い通りにいかないから人生は面白い』（三笠書房）
・『人生の終わり方も自分流』（河出書房新社）
・『人間の分際』（幻冬舎新書）
・『幸せは弱さにある』（イースト・プレス）

出典著作一覧

・『続・誰のために愛するか』（祥伝社）
・『誰にも死ぬという任務がある』（徳間文庫）
・『地球の片隅の物語』（ＰＨＰ研究所）
・『出会いの神秘　その時、輝いていた人々』（ワック）
・『日本財団9年半の日々』（徳間書店）
・『日本人はなぜ成熟できないのか』（海竜社）
・『二十一世紀への手紙』（集英社）
・『人びとの中の私』（海竜社）
・『夫婦のルール』（講談社）
・『老境の美徳』（小学館）
・『「どんな手段を使っても生き抜く」そんな覚悟を持ちなさい」（『週刊現代』２０１３年5月11・18日合併号）
・『ノーベル賞・大村智さんもそうだった「学校なんて、どうでもいい」』（『週刊現代』２０１５年10月24日号）
・『昼寝するお化け』（『週刊ポスト』２０１０年9月3日号）
・『つらいことも乗り越えられる私の生きる力』（『毎日が発見』２０１１年11月号）
・『悪の認識と死の教え』（青萠堂）
・『生きるための闘い』（小学館）

・『完本・戒老録』（祥伝社）
・『最高に笑える人生』（新潮社）
・『三秒の感謝』（海竜社）
・『至福の境地』（講談社）
・『絶望からの出発』（講談社文庫）
・『ただ一人の個性を創るために』（PHP研究所）
・『魂の自由人』（光文社）
・『近ごろ好きな言葉』（新潮社）
・『働きたくない者は、食べてはならない』（ワック）
・『夫婦、この不思議な関係』（ワック）
・『平和とは非凡な幸運』（講談社）
・『ほんとうの話』（新潮社）

＊一部、出典著作の文章と表記を変更してあります。

曽野綾子
その・あやこ

1931年東京都生まれ。作家。聖心女子大学卒。『遠来の客たち』(筑摩書房)で文壇デビューし、同作は芥川賞候補となる。1979年ローマ教皇庁よりヴァチカン有功十字勲章を受章、2003年に文化功労者、1995年から2005年まで日本財団会長を務めた。1972年にNGO活動「海外邦人宣教者活動援助後援会」を始め、2012年代表を退任。『老いの僥倖』(幻冬舎新書)、『夫の後始末』(講談社)、『人生の値打ち』『私の後始末』『孤独の特権』『長生きしたいわけではないけれど。』(すべてポプラ社)などベストセラー多数。

編集協力　髙木真明
　　　　　小泉昭子

新しい生活

2020年 9月14日　第1刷発行
2020年10月25日　第3刷

著　者　曽野綾子
発行者　千葉　均
編　集　碇　耕一
発行所　株式会社ポプラ社
〒102-8519　東京都千代田区麹町4-2-6
Tel：03-5877-8109（営業）
03-5877-8112（編集）
一般書事業局ホームページ　www.webasta.jp
印刷・製本　中央精版印刷株式会社

N.D.C.914 ／ 239p ／ 18cm　ISBN978-4-591-16776-2